플라스틱 세대

플라스틱 세대

TURN
05 ▶

기다림
장편소설

이제 인간도 조금은 플라스틱이다.

— 1972년, 〈워싱턴포스트〉

차례

신인류

후투티

조용한 살인

발현기

실험체

잔물결

작가의 말

신인류

정 박사는 오늘 들어온 시체 두 구를 가만히 내려다 봤다. 최근 일주일 사이 국가재난연구소로 넘어온 시체는 백 구가 넘었다. 이곳에서 20년 넘게 일한 정 박사였지만 이렇게 많은 시체를 부검한 적은 없었다. 코로나 같은 공기 중에 퍼지는 전염병 탓도 아니었다. 하지만 그보다 더 갑작스럽고 빠르게 사람들이 죽어갔다.

부검대 위에는 부부였던 남자와 여자로부터 막 꺼낸 소화되지 못한 플라스틱 덩어리들이 한데 엉켜 있었다. 남자는 인지도 있는 강사라고 했다. 이목구비가 반듯한 남자의 입가는 찢어지고 부르터 있었다. 표면적인 사인은 질식이었다. 정 박사는 기다란 의료용 집게로 남자의 기도 부근에서 부서진 임신 테스트기를 꺼냈다. 플라스틱 조각은 총 여섯 개였다. 아마 옆에 누운 여자의 물건이었을 것이다. 그들에게 어떤 재앙이 닥쳤는지 확언할 수 없었다. 정 박사는 두려운 마음이 들었다. 희귀했던 사례가 점점 일반적인 사례로 확대되고 있었다. 플라스틱을 무차별적으로 섭취하는 원인에 관해서는 아직 아무것도 밝혀진 게 없었다.

똑똑. 부검실 출입문을 두드리며 온주가 들어왔다. 온주는 밤늦게까지 남아 부검을 하는 아버지가 탐탁지 않았다. 한번 부검실에 들어가면 며칠이고 밖으로 나오지 않는 정 박사에게선 포르말린 냄새가 진동했다. 어릴 때부터 맡아온 이 냄새는 삶의 복선이었을까. 온주는 이미 결론을 내렸다.

'우리는 곧 죽을 것이다.'

정 박사는 죽은 이들이 소화하지 못한 각종 플라스틱 조각을 종류별로 나눠 데이터화했다. 가장 많이 나온 건 삼키기 쉽고 저작이 용이한 빨대와 과자를 싸는 데에 활용되는 플라스틱 필름 포장재였다.

"지희가 곧 출산한대요."

온주가 방금 정 박사가 채취한 임신 테스트기 조각을 보며 말했다. 정 박사는 플라스틱을 분류하느라 듣지 못한 것 같았다. 온주는 그럴 줄 알았다는 듯 돌아섰다.

"온주야, 너랑 지희는 괜찮은 거냐?"

같은 연구소에서 일하는 연구소장이 아닌 아버지로서 묻는 말이었다.

"지희는 참아요. 엄마니까. 그런데 전, 얼마 남지 않은 것 같아요."

그 충동에 온주가 무릎을 꿇은 지는 이미 오래였다.

○

재현이 닳아 있는 서은의 칫솔대에서 이상함을 느낀 건 불과 일주일 전이었다. 양치를 하려고 치약을 꺼내든 순간, 자신의 칫솔 옆에 가지런히 놓인 서은의 칫솔이 눈에 띄었다. 그때 곧바로 서은에게 물어봤어야 했는데……. 아니. 그런다고 뭐가 달라졌을까. 두 사람은 이미 저주받은 뒤였다.

재현은 서은이 종종 생활용품을 사러 들르는 제로 웨이스트 숍을 혼자 찾았다. 젊은 사장이 반갑게 알은 체를 하며 요즘 서은은 괜찮냐고 물어왔다. 재현은 9급 공무원 시험에 연이어 떨어진 뒤 공인중개사 시험으로 방향을 튼 서은을 생각하며 그렇다고 대답했다. 서은은 늘 질끈 묶은 포니테일에 분홍색 수면 잠옷 차림으로 주로 안방에만 있었다. 동거를 시작한 지 이태가 지났지만, 하루에 함께하는 시간은 고작 저녁 식사와 가끔 섹스를 할 때뿐이었다. 연애 기간이 길었으니 오히려 얼마간의 단절은 서로에게 도움이 된다고 생각했다. 재현은 각방을 쓰는 것과 서은의 다소 심심한 성격 덕에 유지되는 싸움 없는 동거 생활에 만족감을 느끼고 있었다.

그간 서은의 발길이 뜸했는지 집에 있는 칫솔이 어느새 동네 슈퍼에서 파는 플라스틱으로 바뀌어 있었기에 재현은 원래 쓰던 대나무 칫솔을 한 움큼 집어 들었다. 혹시 필요한 게 있느냐고 서은에게 문자를 보냈지만 답은 없었다. 사장은 계산대에서 아까부터 무언가를 맛있게 씹고 있었다. 그게 무척 거슬렸다. 쩝쩝대는 게 아닌 깔짝거리는 소음이었다. 단정한 낯빛에 지나치다 싶을 만큼 깔끔하게 가게를 꾸리던 사장의 태가 어딘가 흐트러진 것 같았다.

재현이 계산대로 다가가자 사장은 금방 입에 물고 있던 것을 내려놓고 예의 친절함으로 이를 드러내며 웃었다. 재현의 눈은 곧바로 방금 전까지 사장의 입에서 고문당했던 그 간식으로 향했다. 그것은 먹을 것이 아니었다. 플라스틱 병뚜껑을 재활용한 치약 짜개였다. 얼마나 신나게 씹었는지 성난 잇자국과 흥건한 침이 그대로 남아 있었다.

상점 창밖으로 하얀 눈이 날리기 시작했다. 서은이가 좋아하겠다. 지난주에 사둔 눈 오리 집게로 집 앞에서 같이 눈 오리를 만들어야지. 재현은 그렇게 이내 잊어버렸다. 가게 사장이 먹고 있던 게 치약 짜개였다는 사실을.

서은의 방문은 잠겨 있었다. 한 번도 그런 적이 없었다. 밖에 함박눈이 내린다고 말했는데도 방에서는 아무런 대답이 없었다. 공인중개사 준비를 시작한 뒤 서은은 중요한 일이 아니면 짜놓은 일정대로 생활할 거라고 선언했다. 그러니까 '배고픈 것 같다' '맛있는 거 시켜 먹을래?' 또는 '지난번에 잔뜩 사다 둔 고무장갑이 어디 있지?' 같은 시시콜콜한 질문으로 방해하지 말아달라는 소리였다. 서은은 질문을 받으면 꼭 대답하고 신경을 쓰는 편이라 재현도 동의했다.

문 앞을 서성거리던 재현은 서은이 좋아하는 요리를 해줄 요량으로 주방으로 갔다. 서은은 유명 맛집에서 주문하는 떡볶이 밀키트에 환장했다. 거기에 매운 걸 잘 못 먹는 서은을 위해 모차렐라 치즈를 얹으면 끝내주게 맛있는 한 끼 식사가 됐다.

재현은 대파를 어슷하게 썰어 넣고 양배추도 조금 잘라 넣었다. 그사이에 서은이 방에서 나와 등 뒤에서 안아주길 바랐다. 오늘 재현에게 좀 힘든 강연이 있었기 때문이다. 대학에서 심리학을 전공한 재현은 몇 권의 자기 계발서를 낸 뒤, 주로 2030세대에게 성공 플랜을 짜주며 밥벌이를 했다. 꿈꾸면 이루어진다는 막연한 희망을 팔기보다는 현실성 있는 소규모 체험형 플랜을 제시하며 관련 시장을 개척했다.

지금은 택배 기사로 일하지만 한때는 잘나갔던 아이돌 그룹 출신 배우 해랑의 의뢰를 받아 직업을 바꿔주기도 했다. 재현은 그만큼 업계에서 꽤 유명한 강사였다. 한 번쯤은 모교에서 강연 요청을 해올 거라 내심 기대했는데 그게 바로 오늘이었다. 강연비는 지나치게 적었다. 하지만 돈이 중요한 게 아니었다. 오래전 처녀 귀신이 나온다는 학교 연못에서 진로를 결정하지 못해 상심했던 기억과 지금은 이름도 가물가물해진 짝사랑했던 여학생의 얼굴이 한꺼번에 떠올라 재현은 감상에 젖었다. 재현은 그곳에서 열아홉 살의 자신과 비슷한 고민을 하는 후배들을 만날 생각에 흥분했다. 강당 단상에 올라 내려다본 학생들은 봄볕 필터를 씌운 듯 환하고 예뻤다.

무작위로 선정된 학생 몇 명이 올라와 고민 상담을 했다. 재현은 노련한 플래너답게 몇 가지 예시와 선택지를 보여주며 그들의 미래를 전망했다. 예상대로 어려운 것이라고는 없었다.

한울은 인간 혐오증에 걸렸다고 했다. 인간과 인간이 만든 시스템과 인간으로부터 파생한 그 모든 것에 넌더리가 난다고 했다. 그래서 한울은 산으로 가기로 결심했다. 우수한 성적을 가진 여학생이 대뜸 산으로 가서 제 살길을 찾겠다고 하는 걸 주변 사람들은 엉뚱한 치기로 여겼지만 한울은 진지했다. 부모님의 반대는 심했고 누구도 자신을 이해하지 못한다고 느꼈다. 많은 이를 만나온 재현만은 자신을 이해해줄 거라 생각했는데 여기 와서 질의응답 하는 과정을 쭉 지켜보니 그것도 아닌 것 같았다. 결국 한울은 재현을 앞에 두고도 문제를 혼자서 종결지으려 했다. 그 결심의 바탕에 재현의 카운슬링을 얕보는 기색이 있어 재현은 자존심이 상했다.

"그러세요. 어떤 일들은 겪어보지 않으면 몰라요. 아무리 최첨단 컴퓨터로 시뮬레이션을 돌려봐도 실제로는 다른 경우가 많다고요. 그 인생, 가서 겪어봐요."

재현의 응원 같지 않은 응원에 한울은 오히려 기가 살아서 한발 더 나갔다.

"그렇죠, 선생님. 겪어보지 않으면 모르는 게 많을 거예요. 그런데요, 선생님은 남들 미래를 어떻게 알고 시뮬레이션을 해주고 플랜을 짜줘요? 선생님은 한 번도 의심 안 해봤어요? 예를 들어서 내일 지구가 멸망할지도 모르잖아요. 미래는 아무도 모르는 건데요."

다소 터무니없는 바람일지 몰라도 재현은 자기 일이 세상에 봉사와 같은 개념으로 읽히길 바랐다. 쪼그마한 꼬맹이에게 무시당할 직업은 결코 아니었다.

"지구가 왜 멸망을 해요? 지구는 절대 안 망해요. 학생이 혐오하는 그 바퀴벌레 같은 인간들이 그렇게 되도록 두질 않을 거예요!"

지나치게 흥분한 재현의 사자후는 싸늘한 침묵만

남겼다.

　그랬던 재현이 지금은 여전히 잠겨 있는 서은의 방문 손잡이를 돌리며 이상한 불안감에 휩싸였다. 정말로 지구가 망할 수도 있겠다는 생각이 들었다. 9년 동안 알고 지낸 가장 가까운 사람이 문을 걸어 잠갔다는 이유 하나만으로 말이다.

　"서은아. 문은 왜 잠갔어?"

　재현이 방문 너머의 서은에게 물었다. 서은이 웅얼거리며 뭐라고 답했지만 잘 들리지 않았다.

　"뭐라고?"

　재현은 좀 더 목소리를 높이며 방문을 두드렸다. 들어오지 말라는 무언의 압박이 재현을 조바심 나게 했다. 저녁을 먹지 않아도 좋으니 서은의 얼굴이 보고 싶었다. 7년의 연애, 그리고 함께 살고 있는 2년에 가까운 시간 동안 서은과 재현은 원래부터 한 쌍이었던 것처럼 죽이 잘 맞았다. 항상 자신보다 재현을 우선순위에 둔 서은 덕분이었다. 서은에게 무슨 일이 생긴 게 분명했다. 덜컥 겁이 났다. 재현이 부리나케 신발장 서랍에 보관해둔 열쇠 꾸러미를 찾았다.

"나 들어간다."

재현이 열쇠 구멍에 키를 꽂아 넣기가 무섭게 안쪽에서 문이 열렸다.

"무슨 짓이야?"

아랫입술이 안쪽으로 말리며 서은의 입가가 파르르 떨렸다. 화를 겨우 누르는 얼굴은 재현이 처음 보는 표정이었다. 서은은 방문 앞에 똑바로 서서 재현의 침입을 막았다. 재현은 서은이 나온 이상 그 방에 들어갈 생각도 없었지만, 서은이 자신을 너무 적극적으로 가로막자 그 안에서 바람이라도 피우고 있던 건가 하는 생각이 들었다.

"나 입맛 없어. 떡볶이 냄새 토할 것 같아."

"응? 그래? 점심 때도 그랬어?"

혹시 임신했나. 좀 전까지 당혹스러웠던 마음이 금세 누그러지며 서은이 진심으로 걱정됐다.

"어. 몸이 안 좋네. 오늘은 혼자 있고 싶어."

"열나나?"

재현이 서은의 이마에 손바닥을 댔다. 채소를 다듬느라 차가워진 재현의 손보다 서은의 이마가 더 찼다. 재현은 잠시 자신의 온기가 서은의 몸에 전해지

길 기다렸다. 보일러 온도를 좀 올려야겠다고 말하려
는 찰나 서은이 돌아서며 방문이 닫혔다. 동시에 딸
깍, 문 잠그는 소리가 들렸다. 또 문을 잠그다니. 재현
은 다시금 문손잡이를 돌려보는 대신 식탁에 앉아 퉁
퉁 불어버린 떡볶이를 혼자 먹어 치웠다.

불과 이틀 전 서은과 정기적이고 충실한 섹스를
나눈 뒤, 재현은 결혼하자고 말했다. 서은도 그러려니
했던 건지 순순히 고개를 끄덕였다. 더 이상 맞추고
자시고 할 것도 없는 당연한 수순이었다.

솔직히 서은이 공인중개사 시험에 합격하고 안 하
고는 재현에게 별로 중요하지 않았다. 떡볶이 냄새가
역겹다고 인상을 찌푸리던 서은만이 중요했다. 임신
한 거라면 참 좋겠다. 재현은 아이가 자신보다는 눈,
코, 입이 오밀조밀하게 예쁜 서은을 닮았으면 좋겠다
고 생각했다. 두 사람의 세계는 언제나 만족스러웠다.
그래서 재현이 지금 앉아서 밥을 먹고 있는, 편하고
실용적인 이케아 의자처럼 앞으로도 그럴 줄 알았다.

다음 날 새벽까지 서은의 방은 조용했다. 여느 때
처럼 5시 정각에 일어나 대기업 총수처럼 이른 출근
을 준비하던 재현은 서은의 방문 앞에 잠시 귀를 대

고 소리를 들었다. 평소 코골이가 심한 서은의 방 앞을 지나갈 때면 자기도 모르게 풋 웃던 재현은 방 안에서 아무 소리도 나지 않자 그녀가 깨어 있다는 걸 알 수 있었다. 하지만 또 거절당할 것 같아 노크할 용기는 나지 않았다.

재현은 서은의 방을 지나쳐 욕실로 향했다. 칫솔 거치대에 어제 산 대나무 칫솔이 나란히 걸려 있었다. 간밤에 서은이 교체해둔 모양이었다. 원래는 다 쓴 칫솔도 나중에 틈새 청소에 사용한다며 한쪽에 모아두던 서은이었는데 직전에 쓰던 칫솔들이 보이지 않았다. 재현은 잠깐 망설이다 쓰레기통을 뒤집었다. 일주일 전 봤던 그 칫솔대가 떠올랐기 때문이다. 바닥에 뒹구는 쓰레기들 사이로 휴지에 친친 감긴 무언가가 보였다. 휴지를 풀어내자 몽당연필처럼 짧아진 플라스틱 칫솔 두 개가 나왔고 그 끝에는 잇자국이 선명했다. 문득 치약 짜개를 씹던 제로 웨이스트 숍 사장의 모습이 떠올랐다.

서은이 무슨 짓을 한 건지 감도 오지 않았다. 재현은 소파 구석에 던져둔 열쇠 꾸러미를 다시 집어 들었다. 왜일까. 본능적으로 허락을 구하는 대신 기습해야겠다는 생각이 든 재현은 짤랑거리는 소리가 나지 않도록 꾸러미를 다른 한 손으로 받쳤다.

딸칵.

열쇠가 돌아감과 동시에 서은의 방문이 열렸다. 언제 들어가도 깔끔하게 정리되어 있던 서은의 방은 누군가 불심검문을 하고 간 것처럼 모든 게 다 흐트러져 있었다. 바스락거리는 재질의 이불은 바닥에 떨어져 있었고, 온갖 화장품이 뚜껑이 열린 채로 화장대 위에 쓰러져 있었다. 공구함에 있어야 할 망치는 방 한가운데에 덩그러니 놓여 있었고 잡다한 물건이 산산조각 나 있었다. 스탠드와 마우스, 볼펜, 택배 상자에 딸려 온 스티로폼까지. 이 어두운 방에서 재현은 거실에 켜둔 스탠드 빛에 의지해 서은이 무슨 짓을 했는지 알아내려고 노력했다. 방 전체에 카펫을 깔아둬서 재현의 발소리는 거의 나지 않았다. 서은은 방에 딸린 욕실에 있는 모양이었다. 재현은 벽에 등을 대고 욕실 문틈에서 새어 나오는 가는 빛줄기를 따라가 그 안쪽을 힐끔 곁눈질했다. 바닥을 청소하는지 뭔가를 열려고 애쓰는지 딸깍거리는 소리가 일정하게 들려왔다. 고개를 문틈 사이로 더욱 내밀자, 항상 입는 분홍색 수면 잠옷 차림으로 선 서은의 뒷모습이 보였다. 서은은 세면대 앞에서 뭔가를 씹어 먹고 있었다. 재현은 거울에 비친 서은의 얼굴을 봤다. 서은은 고개를 45도쯤 숙인 채 아주 열심히 뭔가에 탐닉하느라 뒤에서 재현이 자신을 지켜보는 줄도 몰랐다. 서은의 두 손에 맺힌 빨간색 핏물이 타일 바닥에 뚝뚝 떨어졌다. 기괴한 상상이 증폭됐다. 재현은 더 이상 두고 볼 수 없어 욕실 안으로 급하게 뛰어들어갔다.

　놀란 서은이 주저앉으며 쥐고 있던 걸 떨어뜨렸다. 서은의 입가는 광야의 포식자가 사슴의 사체라도 파먹은 듯 피 범벅이었다. 서은의 불안한 동공이 찾는 물건을 재현이 수챗구멍 언저리에서 집어 들었다. 도저히 말이 나오지 않았다. 그것은 형태가 망가진 핸드크림 뚜껑이었다. 재현은 자신도 놀랄 정도의 우악스러운 힘으로 서은의 양 뺨을 짓눌러 입안을 확인했다. 그 안은 언제 생겼는지 모를 생채기로 가득했고 치아 사이사이와 잇몸이 전부 빨갛게 물들어 있었다. 못된 짓을 하다 들킨 아이처럼 서은은 변명을 지어내려고 눈알을 굴렸다.

　"호기심에 그랬어. 우연히 하나 먹었는데 플라스

틱 맛이 독특해서⋯⋯."

"병원 가자."

이식증인가. 재현은 최대한 침착하게 서은을 다독였다. 서은의 눈길은 그 순간에도 다 먹지 못한 핸드크림 뚜껑에 닿아 있었다.

진보라색 토사물은 처음 보는 것이었다. 서은이 옷을 갈아입지 않겠다고 고집을 부리는 통에 결국 잠옷 바람으로 나서야 했다. 많이 아프진 않아? 언제부터 그랬어? 시험 때문에 그랬어? 재현이 연달아 질문을 퍼부었지만 서은은 입을 꾹 다물었고 강 건너 새로 리모델링한 병원의 간판이 보이자 그제야 입을 벌렸다. 그리고 요란한 구역질을 하기 시작했다. 도로 중간이라 차를 세울 수도 없었다. 차 안에는 흔한 비닐봉지 하나 없었다. 서은의 몸에서 나온 알 수 없는 토사물은 그대로 바닥을 적셨다. 서은의 몸이 온 힘을 다해 요동쳤고, 그 끝에 나온 것은 반죽을 뭉쳐놓은 듯한 진보라색 점액 덩어리였다. 인간의 토사물이라기보다는 합성수지의 변형에 가까워서 오히려 코점막을 찌르는 특유의 토사물 냄새가 다행스러울 지경이었다.

"그러게 그딴 걸 왜 먹어!"

재현이 성질을 냈다. 하얗게 질려 벌벌 떠는 서은은 곧 쓰러질 듯이 위태위태해 보였다. 재현은 걸어갈 수 있다는 서은의 말을 무시하고 업히라고 했다. 서은은 더 이상 거절할 힘도 없는지 등에 몸을 맡겼다. 자기, 나 안 죽어. 서은이 귓가에 대고 중얼거렸다. 재현은 듣지 못했다. 그리고 서은은 재현의 믿음직스러운 등에 이번엔 파란색에 가까운 토사물을 쏟아냈다. 응급실에 들어간 재현은 여기저기서 터지는 고함과 신음을 다 누를 만큼 큰 소리로 외쳤다. 내 아내가 플라스틱을 먹었다고!

엑스레이 사진에 하얗게 드러난 물체들은 재현도 익히 아는 것들이었다. 부서진 펜대, 병뚜껑, 단추, 그리고 집에 있던 각종 물건들.

"환자분이 특별한 상황인 건 아니에요. 플라스틱이든 흙이든 아무 영양가 없는 것을 집착적으로 먹는 증상은 흔하거든요. 스트레스 때문인지 최근 들어 이식증 환자가 늘고 있는 추세예요. 음…… 그런데…… 보호자분은 괜찮으세요? 특별히 플라스틱을 먹고 싶다거나 그런 충동을 느껴본 적은 없으세요?"

"전혀요."

돋보기안경을 쓴 의사의 물음에 재현은 쌀쌀하게 대꾸했다.

"다행이네요. 환자분 기력 회복하시면 정신과 진료도 함께 보도록 하지요."

의사는 서랍에서 명함 한 장을 꺼내 재현에게 건넸다. 종합병원에서 의사의 명함을 따로 받는 것도 드문 일인데 거기에 궁서체로 적힌 직함은 더 생소했다. '내과 전문의 겸 한의사.' 의사는 서은과 비슷한 증상이 나타나면 주저 말고 연락을 달라고 했다. 그럴 일 없다며 고개를 가로젓는 재현의 태도에도 그의 표정은 굳건했다.

서은은 다인실 병실 가장 안쪽에서 제집에서보다 편안한 얼굴로 잠들어 있었다. 재현의 인기척에 반쯤 눈을 뜬 서은이 희미하게 웃었다.

"내가 미쳤었나 봐. 다시는 안 그럴게."

재현은 그런 서은이 갑자기 막내딸처럼 느껴져 눈물을 찔끔 흘렸다. 무슨 일에든 담담했던 사람이 눈물을 보이자 서은이 손을 뻗어 재현의 머리를 쓰다듬었다. 재현은 서은이 자신에게 얼마나 큰 사람인지를 새삼 확신하곤 청혼 반지를 떠올렸다. 첫눈이 내리던 11월의 어느 날 종로 금은방에서 구입한 5부 다이아몬드 백금 반지는 때를 기다리며 잠자코 재현의 방 협탁 깊은 곳에 웅크리고 있었다.

그 반지가 뭐라고, 재현은 그것이 어떤 주술적인 힘을 발휘하리라는 기대에 서은을 두고 집으로 향했다. 앞으로 닷새간 입원해야 하는 서은의 속옷도 챙기고, 이틀 뒤에 있을 방송국 강연도 준비해야 했다. 재현은 서은이 없는 집이 허전하고 광막하다고 생각하며 어질러진 그녀의 방을 정리했다.

이식증의 흔적. 다양한 플라스틱 조각들을 쓰레기 봉투에 담았다. 망치를 공구함에 넣고 방바닥을 걸레로 깨끗이 닦았다. 서은의 책상에는 필기도구보다 평소 좋아하는 젤리와 사탕이 더 많았다. 피식 웃음이 났다. 재현이 못 먹게 하는 통에 밥보다 간식을 더 좋아하는 서은에겐 그것들을 방에서 몰래 먹는 버릇이 생겼다. 재현은 반쯤 뜯긴 시디신 레몬 맛 젤리를 입에 넣었다. 침샘에서 침이 쭉 나와 젤리와 섞였다. 이런 걸 뭐가 맛있다고 먹는지 모르겠다고 되뇌며 얼른 손바닥에 뱉었다. 순전한 호기심이었다. 강력한 레몬 맛이 혀끝을 맴돌았다. 그리고 그 옆쪽으로 어디서 받아온 건지 뜯지 않은 빨대 뭉치가 놓여 있었다.

입가심. 그것을 씹으면 꽤 괜찮을 것 같다는 예감이 들었다. 빨대는 무취, 아무 맛도 나지 않을 테니까. 재현은 신맛으로 가득한 입안을 헹구려고 빨대 하나를 입으로 가져갔다. 이내 천천히 씹어보았다. 미끈거리는 동시에 빳빳한 그것은 재현의 예상보다 훨씬 더 강하게 미뢰를 자극했다. 혀가 주체하지 못하고 급하게 움직였다. 도마뱀이 긴 혓바닥으로 초파리를 날름 낚아채 삼켜버리듯 재현도 빨대 하나를 깨끗이 먹어 치웠다. 깔끔하고 정갈한 맛이 났다. 금세 침이 고이고 입맛이 돌았다. 두 개, 세 개 먹어 치운 재현의 눈에 쓰레기봉투에 담긴 플라스틱 쓰레기가 들어왔다. 그래, 재현이 한 번도 맛보지 못한 별미가 바로 저것이었다.

뜻밖의 손님이 집으로 찾아왔다. 방송국 교양 프로 프로듀서인 금석이었다. 재현은 미팅 차 두 번 만났었고 목소리를 듣기 전까진 성별을 가늠하기가 어

려웠던 톰보이 같던 여자를 기억해냈다. 금석은 목도
리로 얼굴을 꽁꽁 둘러맨 채 들어가도 되겠느냐고 물
었다. 갑작스러운 방문에 당황한 재현은 근처 카페로
가자고 말했지만 금석은 아무런 대답도 하지 않았다.
집 안으로 들어가겠다는 무언의 고집이었다.

서은에게 줄 청혼 반지를 챙기러 집으로 돌아온
날, 재현은 계획을 변경해 이후 닷새 동안 집에만 있
었다. 그러다 오늘이 바로 서은의 퇴원일이라는 걸 떠
올리고는 좀처럼 힘이 나지 않는 몸을 겨우 일으켰는
데 마침 그녀가 며칠 더 입원해야 한다는 병원의 연
락을 받고 차라리 잘됐다 싶었다. 서은이 보낸 '왜 이
렇게 안 오냐'는 섭섭함 담긴 메시지를 외면하며 재
현은 그동안 몰랐던 세계에 새로이 눈을 뜬 듯 플라
스틱에만 몰두했다. 그러니까 재현은 알코올중독자처
럼 플라스틱에 중독된 상태였다.

플라스틱을 만들어진 형태 그대로 먹었던 서은과
달리 재현은 몇 번의 시행착오 끝에 어떻게 하면 플
라스틱을 안전하게 섭취할 수 있는지를 알아냈다. 열
가소성수지로 만들어져 변형이 가능하고 강도가 세
지 않은 플라스틱을 전기 그릴 위에 올린 뒤 녹이면

끝이었다. 도로 굳기 전에 삼키기 좋은 둥근 환으로 뭉치거나 흐물흐물해진 상태 그대로 먹어도 좋았다. 재현은 그렇게 입에 넣은 플라스틱을 바로 넘기지 않고 입안에서 오래 굴리며 음미했다. 그건 미슐랭 3스타 셰프가 내놓는 요리를 먹었을 때의 고상한 만족감이라기보다는 목마를 때 느껴지는 고통에 가까웠다. 스스로 어쩌지 못하고 꼭 해결해야만 하는 타는 듯한 갈증. 어느덧 재현은 단순 이식증이라 여긴 서은의 특이 식성을 이해하게 되었다.

"작가님. 혹시 플라스틱 드세요?"

금석은 소파에 앉기도 전에 식탁 위에 쌓아둔 플라스틱 공병과 부서진 피규어들을 보며 물었다. 재현이 자식처럼 여기던 희귀한 피규어들 중엔 먹기에 괜찮은 것도 있었다. 금석은 품에서 알약이 든 투명한 유리병을 꺼내 건넸다.

"식욕억제제예요. 충동이 들 때마다 드세요. 안 그러면 얼마 못 가 당신 죽어요. 서은이가 보내서 왔어요."

재현은 금석과 서은이 고등학교 동창이라는 사실을 잊고 있었다. 고대하던 티브이 출연도 재현이 잘나서라기보다는 이리저리 발이 넓은 서은의 도움을 받은

덕분이었다. 금석은 생각을 정리하려는 듯 같은 자리
를 자꾸 맴돌았다. 뭐부터 말해야 할지 망설이다가 재
현을 원망이라도 하는 사람처럼 가만히 노려보기도 했
다. 면도도 하지 않아 행색이 추레했던 재현은 금석의
등장으로 잊고 있던 자신의 사회적 모습을 떠올렸다.

　이게 다 뭔가……. 내가 뭘 먹고 있었던 거지? 혐
오감이 불쑥 치고 올라왔다.

　"전염병처럼 돌고 있어요. 다들 쉬쉬하는데 언제
터질지 몰라요."

　"네? 그게 무슨……?"

　"사람들이 미친 듯이 플라스틱을 먹고 있다고요!
좀비처럼요."

　금석은 거의 화를 내고 있었다. 마치 그 특이한 증
상을 재현이 몰고 오기라도 했다는 듯이.

　"피디님도 드셨어요?"

　재현은 그동안 그 심각성을 전혀 자각하지 못했다
는 사실을 뒤늦게 깨닫고 놀라서 물었다. 며칠간 단세
포생물처럼 어떻게 하면 플라스틱을 맛있게 먹을지
만 고민했다. 애써 만든 환들이 총탄으로 변해 머리를
뚫어버린 것처럼 재현은 충격을 받았다. 단순히 서은

을 이해하기 위해 플라스틱을 먹는다는 자기기만이
실은 병증일 수 있단 뜻이었다. 이제 재현은 금석의
말 한마디 한마디가 중요하게 느껴졌다. 금석의 말에
따르면, 재현은 이미 전염된 상태였다.

"지난주에 두 사람을 잃었어요. 친구랑 제가 데리
고 있던 막내 직원이요. 서은이도 이런 상황이라는 것
까진 모르고 저에게 부탁한 거겠죠. 갑자기 재현 작
가님이 방송 출연도 취소하고 연락도 잘 안 된다고요.
서은이가 이식증으로 병원에 있다고 했을 때부터 직
감했어요. 저는 가까스로 끊었어요. 가까운 누군가를
잃게 되면 작가님도 끊게 될 거예요. 애초에 그런 일
이 일어나지 않기를 바라야죠."

재현은 금석이 말한 가까운 누군가가 서은을 뜻한
다는 것을 깨닫고 아찔했다.

"처음 증상이 나타난 게 언제죠?"

"한 달, 한 달쯤 전이에요. 다 말씀드렸으니 저는
금방 가봐야 해요. 작가님, 집 안에 있는 플라스틱 전
부 다 눈앞에서 치워버리세요. 그걸 먹다 보면 사고가
불가능하고 식탐만 강한 아메바가 돼요. 제 말 알아듣
겠어요? 뇌가 오염된다고요."

금석은 자신의 관자놀이를 검지로 쿡쿡 누르며 경
고했다. 뉴스 보도나 의학적 지식을 바탕으로 한 얘
기도 아니었다. 하지만 서은과 자신의 증상을 봤을 때
믿지 않을 수 없었다. 코로나 역시 시작은 이랬을 것
이다. 원인을 모르는 기침과 고열, 그리고 계속 늘어
나는 죽음들. 그러다가 정신을 차렸을 땐 이미 전 세
계에 바이러스가 전파되고 난 뒤였다. 재현이 공들여
만든 플라스틱 환을 아련하게 바라보던 금석은 얼른
시선을 거두고 일어섰다.

"피디님 말대로라면 상황이 너무 위험한데요. 공
론화라도 해야 하지 않을까요?"

"시도를 안 했겠어요?"

깊은 한숨을 내쉰 금석이 반문했다. 금석은 이미
개인적으로 공론화를 준비했었다. 올해 막 스무 살이
되어 군대에 가기 전에 인생 경험을 쌓겠다고 방송국
에 취직한 막내 FD 은섭의 죽음이 계기였다. 금석이
식욕억제제를 먹어가며 힘겹게 플라스틱을 끊자, 이
번에는 은섭이 탄성 좋은 자신의 안경테를 씹기 시
작했다. 구김살 없이 잘 웃고 별일 아닌 일에도 '파이
팅!' 같은 구호를 외치던, 비타민 같은 아이였다. 안경

테를 씹은 다음 날 새벽, 은섭은 응급실에 실려갔다. 조각난 엘피판이 날카로운 흉기가 되어 은섭의 목젖을 찢고 내장을 찢었다. 자살이라 해도 무방한 죽음이었다. 모두들 은섭이 자살했다고 결론지었다. 그러나 금석의 생각은 달랐다. 금석은 그의 몸을 할퀸 조각들을 그러모아 카메라에 담았다. 은섭의 유족도 금석과 생각이 같았다. 은섭은 절대 자살할 애가 아니었으니 사고를 당한 거나 다름없었다.

몇몇 사례를 모아 금석은 부리나케 취재를 시작했다. 방송국 내에서는 새로운 소문이 돌았다. '사람들이 죽어나가고 있다더라' '점심 때마다 커피 한 잔씩 사 먹던 동료들이 무의식중에 빨대를 씹다가 병원에 갔다더라' '몸 안에 쌓인 독성 물질이 환각 반응을 일으키는 거라더라' 말들이 많았다.

잔설로 덮인 희끗한 백발에 말끝마다 '시발'을 붙이던 국장은 금석이 보낸 가편집본을 보고 그를 바로 국장실로 호출했다. 입엔 걸레를 좀 물었어도 이성은 냉철한 양반이었는데, 이딴 말도 안 되는 걸로 전파를 낭비할 거면 사표 쓰고 나가라며 윽박질렀다. 코로나로 아내와 딸을 한꺼번에 잃은 불쌍한 인물이라 그간

금석은 그를 안쓰럽게 생각하기도 했다. 하지만 장장
두 시간에 걸쳐 '네가 선무당이냐, 허경영이냐, 드라
마 쓰냐, 언제부터 교양 프로가 기인 열전으로 바뀌었
냐, 시발!'을 듣고 나니 자신이 사람 보는 눈이 없었다
는 사실을 깨달았다. 과연 386세대의 위엄인가. 국장
은 눈앞에 보이는 플라스틱 펜과 명함꽂이를 이로 잘
근잘근 씹어 보이며 소리쳤다. "이게 맛있냐?"

그날 금석은 그간 떠돌던 방송국 유언비어의 최초
유포자로 낙인 찍혔다. 며칠 동안 국장에게도 비슷한
증상이 생기는지 유심히 관찰했지만 그는 플라스틱
도시락 용기에 담긴 당뇨 환자식만을 보란 듯이 맛있
게 비울 뿐이었다. 특정 유전자에서만 일어나는 반응
인지, 아니면 나이에 따라 반응 속도가 달라지는지 아
무것도 알 수 없었다. 국장 말대로 철저히 준비되지
않은, 자칫하다 제작진 미쳤네 소리 듣기 십상인, 혼
란만 키울 수 있는 다큐였다.

유족들을 제외하고는 누구도 금석의 말에 귀 기
울이지 않았기에 재현에게도 보여줄 생각이 전혀 없
었다. 재현이 영상을 보고 싶다고 했을 때 금석은 반
가운 마음이 들기도 했고 유명 강사인 그의 영향력

이 사안의 공론화에 도움이 되지 않을까 싶어 솔직히 기대되기도 했다. 르포 형식으로 제작된 영상의 분량은 두 시간이 넘었는데, 유족들의 증언과 플라스틱 섭취에 시달리는 사람들의 인터뷰, 영상 스케치, 그리고 직접 증상을 겪고 치료 중인 금석 자신의 이야기가 교차편집되어 있었다. 재현이 영상에 빠져들어 보는 동안 금석은 재현이 만든 환과 그걸 만드는 데 쓰인 난잡한 집기들을 사진으로 남겼다.

"두 번째 팬데믹이 올 수도 있을까요?"

재현이 불쑥 물었다. 불과 몇 년 전이었다. 마스크를 쓰고 PCR 검사를 받기 위해 긴 줄을 서서 희망이 찾아오길 기다렸던 암흑의 시대가.

"글쎄요…… 안 그러길 바라야죠."

"서은이가 허락한다면, 저희도 도움이 되고 싶어요."

그 말에 금석은 고민스러운 얼굴로 재현을 바라보았다.

"저 사실 잘렸어요. 회사에서 고발당했거든요. 회사의 품위를 떨어뜨리는 행동을 하려 했다나 뭐라나. 이 일은 그런 일이에요. 작가님은 지금 잘나가시잖아요."

"잘나가는 사람이 이 꼴일 리는 없잖아요."

직접 만든 환은 여전히 먹음직스러워 보였다. 재현은 그것 대신 금석이 건넨 식욕억제제를 털어 넣었다. 그러자 어떻게 그동안 한 번도 서은을 보러 가지 않을 수 있었는지, 병원은 지낼 만한지, 자책과 걱정이 몰려왔다. 재현은 서랍 속 반지 케이스를 외투 주머니에 넣고 금석과 함께 집을 나섰다.

"웃기지 않아요? 연간 몇천만 톤씩 플라스틱 쓰레기를 배출해서 환경을 망쳐왔던 인간들이 이제 그걸 다 먹어 치우기 시작했다는 게. 적어도 지구는 덜 아프겠어요."

헤어지기 전 금석이 자조적으로 웃으며 말했다. 정말 그럴까. 이렇게 인간들이 사라지면 지구에게는 다행일까. 재현은 치약 짜개를 물어뜯던 제로 웨이스트 숍의 사장을 다시금 떠올렸다. 병원으로 향하는 길에 일부러 들린 가게의 문은 닫혀 있었다. 문에 나붙은 '初喪(초상)'이라는 알림판만이 재현을 맞이했다.

병원 정문은 진입하려는 차와 사람들로 전에 없던 장사진을 이루고 있었다. 급하게 투입된 듯한 직원들이 이미 꽉 들어찬 주차장 입구에서 차들을 막았다.

경적이 연신 귀청을 때렸고, 재현은 짙게 선팅한 차창 너머로 운전자들의 표정을 살피려 애썼다. 무슨 일이 일어나고 있는 게 확실했다. 서울 어딘가에서 큰 인명사고가 나 너도나도 부상자들을 실어 나르는 게 아니고서는 이런 꼬리 물기 대열은 드문 광경이었다.

서은의 전화기는 꺼져 있었다. 입원실 직통 전화로도 수차례 걸어보았지만 전화선을 아예 뽑아버렸는지 연결이 되지 않았다. 무슨 생각으로 차를 끌고 나온 건지 재현은 올해 뽑아 애지중지하던 익스클루시브 등급의 대형 SUV가 짐처럼 느껴졌다. 양팔을 휘두르며 엑스 자를 그리는 직원들을 무시하고 소형 차량들이 화단을 침범해 들어갔다. 당장 차를 버리고 뛰어들어가고 싶은 걸 가까스로 참으며 병원 이름이 적힌 점퍼를 입은 직원에게 큰 소리로 간청했다.

"안에 와이프가 있어요! 들어가게 해주세요!"

재현의 말은 허공에 붕 떴다가 간단히 씹혔다. 허둥대는 직원들은 재현뿐 아니라 그 누구에게도 신경을 쓸 수 없었다. 주변에서 급한 나머지 차 문을 열고 구역질하는 사람들이 보였다. 서은의 토사물과 같은 진보라색도 있었고 분홍색, 초록색, 자주색…… 형형

색색의 토도 있었다. 재현은 언젠가 사둔 자일리톨을
다급하게 찾아 씹었다. 안 그러면 금방이라도 욕지기
가 치밀어 오를 것 같았다. 저들이 플라스틱을 먹었다
는 것은 분명했다. 게다가 이 일이 알 수 없는 이유로
동시다발적으로 일어나고 있다는 것도.

꼴딱, 침을 삼켰다. 금석이 준 식욕억제제를 먹고
오긴 했어도 며칠간 중독 상태였던 재현은 금세 갈망
을 느꼈다. 당장 글로브 박스 속만 해도 그에게 궁극
의 황홀을 선사할 것들이 널려 있었다. 재현은 또다시
갈등했다. 차를 빼라는 수신호를 남발하는 직원을 흘
겨보고, 구역질하는 사람들을 측은하게 바라보고, 모
든 창으로 환한 LED 등을 내쏘는 병실을 올려다봤다.
텔레파시가 있다면 통했을까.

그때 서은에게서 전화가 왔다. 재현은 자리에서
튀어 오를 듯 화들짝 놀라 플라스틱에 대한 생각에서
벗어날 수 있었다. 휴대폰 너머에서 서은이 어디냐고
소리쳤다. 그 음성이 너무 멀게 느껴져서 재현도 같이
소리를 높였다. "병원이야, 서은아. 여기 난리 났다."

재현이 들어갈 수가 없다고 말하자 서은이 기다리
라고 다시 소리쳤다.

5분 뒤 분홍색 잠옷 차림의 서은이 사람들로 득시글한 병원 입구에서 방방 뛰며 허공에 손을 휘저었다. 서은은 병실에서 바라본 풍경보다 훨씬 더 빽빽한 실제 차량 숲 사이에서 재현을 찾으려고 필사적이었다. 재현은 애처롭게 손짓하는 서은을 한눈에 알아보고 연신 경적을 울렸지만 시선이 자꾸 엇갈리자 결국 차를 버리고 사람들 사이를 헤쳐 서은에게 달려갔다. 의지할 대상이라곤 서로밖에 없는 사람들처럼 두 사람은 와락 포옹했다. 그새 서은은 몰라보게 말라서 흉골과 척추뼈 마디마디가 다 느껴졌다.

"너 얼굴이 왜 이래? 엉망이잖아."

서은은 그간 면회 한 번 오지 않아 원망하고 미워했던 재현의 몰골이 자신의 예상에 딱 들어맞자 놀라면서도 슬펐다. 병원에 있는 동안 환자를 면회한 가족이 다음 날 입원한 경우를 수도 없이 봤다. 결벽주의자인 재현이 그렇게 될 리는 없다고 생각했지만, 그가 얼굴을 보이지 않을수록 심증은 굳어졌다.

"퇴원하래? 아무튼 지금 여기는 네가 있을 데가 아니야. 집으로 가자, 우리."

재현은 혼란 속에서 벗어나 안온한 둘만의 보금자

리로 빨리 돌아가고 싶었다. 서은의 손은 여느 때와 같이 따뜻했다. 두 사람에게는 더 이상 말이 필요하지 않았다. 함께 있는 게 최선이라는 걸 본능적으로 느꼈다. 서은의 옹송그린 어깨를 감싸 쥔 재현은 앞뒤로 막힌 차들 사이에 팽개쳐둔 자신의 차로 급히 발걸음을 옮겼다.

그 순간, 입원 병동 3층이 폭발하면서 유리 파편들이 바닥에 내리꽂혔다. 굉음에 한껏 몸을 낮춘 사람들의 머리 위로 떨어진 수백 개의 의료 용품 중에는 일회용 주사기도 있었다. 재현의 시선이 닿은 곳에서 환자복을 입은 젊은 여자가 주운 주사기를 빨며 웃었다. 돈다발도 아닌 것을 사람들이 너도나도 주워 입으로 가져갔다. 하늘에는 살찐 보름달이 두둥실 떠 있었다. 밤치고 징그럽게 환한 풍경에 재현은 이곳이 꿈속이 아닌가 아득해졌다. 서은이 품에 파고들었다.

"자기. 우리 얼른 집에 가자. 차는 내일 가지러 오자."

"그래. 그러자."

서은이 그 무리에 끼지 않고 재촉해줘서 다행이었다. 세상이…… 미쳐가고 있었다.

막상 집으로 돌아가자 서은은 딴사람이 된 것처

럼 침묵했다. 물건을 만질 땐 오래된 가죽 장갑을 꼈고, 전기 스위치를 내려 불을 끌 때도 마찬가지였다. 재현이 병원에서 무슨 일이 있었던 건지 알려줄 수 있느냐고 재차 물었지만 생각도 하기 싫다는 듯 내처 고개를 저었다.

금석의 연락을 기다렸지만 깜깜무소식이었다. 그 사이 실시간으로 기사를 검색해봤지만 플라스틱 섭취에 관한 뉴스는 없었다. 난리통이었던 종합병원 상황은 '서울 E병원, 정신 질환자 폭주'라는 짧막한 기사로 왜곡되어 전달됐다. 누군가가 손을 쓰고 있는 것처럼 깨끗했다.

극도로 조심스러워진 서은을 따라 재현도 플라스틱과 접촉하지 않도록 신경을 썼다. 유리와 도기로 된 식기를 사용했고 키보드를 두들길 때도 가죽 장갑을 꼈다. 전에 재현이 사둔 대나무 칫솔을 비롯한 제로 웨이스트 숍의 물건들이 제 몫을 톡톡히 했다. 둘은 꼬박꼬박 식욕억제제를 나눠 먹었고, 도무지 식욕이 일지 않는 밥을 억지로라도 지어 먹었다. 하얀 쌀에서는 이상식욕이 생기기 전에 플라스틱을 씹을 때와 같이 아무런 맛도 느껴지지 않았다. 오히려 물기를 머금은 특유의 풍미가 역했다. 반면에 플라스틱으로 만든 생수병과 모빌 같은 것들은 죽음을 무릅쓰고서라도 먹고 싶을 만큼 매혹적이었다. 그러나 그러한 충동도 일주일을 기점으로 줄어들었다. 이틀이 더 지나자 플라스틱을 물어뜯었던 과거의 행동이 기이하게 느껴졌다. 재현의 이런 변화를 눈치챈 서은은 때가 됐다는 듯 식탁 앞에 재현을 앉히고 이야기를 쏟아냈다.

"담당 간호사가 있었어. 정맥주사도 잘 못 놓는 주제에 잘못 찔러놓고 아파하면 플라스틱도 먹은 사람이 고작 이걸 못 참느냐고 짜증 내는 여자였어. 다음 날부터 자기는 연락도 안 되지, 그 여자는 수시로 와서 팔을 찌르지. 정말 뺨 한 대 후려치고 싶더라. 그러다 시간이 돼도 링거를 안 갈아주길래 데스크로 가보니까 그 여자가 주사기를 씹고 있었어. 폐기하려고 모아둔 것들을 말이야. 이가 부러졌는지 잇몸이 찢어졌는지 턱 밑으로 한 줄기 피가 흘렀어."

서은이 그곳을 빠져나가야겠다고 생각한 건 바로 그때였다. 간호사의 동공이 마약 한 사람처럼 풀어져 있었다. 주치의를 볼 수 있느냐고 묻자 교수는 내뺐는지 뒈졌는지 모르겠다는 상스러운 대답이 돌아왔다.

서은은 의사마저 자리를 비운 병원에 굳이 있을 필요
가 없다고 느껴 카테터를 뽑고 옷을 갈아입었다. 환자
들이 밀려든다고 생각만 했는데 실제로 복도를 지나
입구에 가까워지면서 보고 싶지 않고 확인하고 싶지
않은 상황을 마주해야 했다. 거대한 너울로 마을을 강
타하는 쓰나미처럼 죽음의 문턱에 선 사람들이 밀려
들어오는 모습을 두 눈으로 목격했다.

　내내 잠잠했던 서은은 맺혀 있던 이야기들을 두서
없이 꺼내놓으면서 발작을 일으키듯 울음을 터뜨렸
다. 이 일이 언론의 말대로 정신 질환자가 속출한 한
병원에 국한된 소동일 뿐이라 해도 세상이 이렇게나
조용한 것은 반칙이었다. 서은은 지옥에서 살아서 나
왔지만 여전히 지옥 속에 있는 것 같다고 말했다. 두
번째 팬데믹을 맞을 수는, 10년도 안 된 과거로 다시
되돌아갈 수는 없었다. 차라리 죽고 싶다고 말하고 싶
었으나 갑자기 청혼 반지를 들이미는 재현에게 차마
그 말은 할 수 없었다.

　"너무 예쁘다."

　"혼인신고는 인터넷으로도 가능하대. 너 힘드니까
내일 그렇게 하자."

"고마워."

반짝거리는 값비싼 돌멩이를 보는 서은의 눈은 죽어 있었다. 재현은 실망했지만 티를 내진 않았다. 주말에는 두 사람의 결혼을 축하하는 파티를 열자고 말했다. 서은은 사람을 만나는 게 두려워 고개를 저었다. 그녀가 PTSD를 겪고 있다는 것은 굳이 진단을 받지 않아도 알 수 있는 사실이었다. 재현은 서은이 하고 싶은 대로 하도록 놔두기로 했다. 서은은 약지에 낀 반지가 거추장스러웠는지 케이스에 도로 끼우고는 곧 공인중개사 기출문제를 풀기 시작했다.

다시 서은의 방 문이 잠기는 일이 많아졌다. 모든 일정을 취소한 재현이었지만 연락이 닿지 않는 금석에게는 끈질기게 전화를 걸었다. 그러다가 땅을 밟고 선 자신을 더 이상 믿을 수 없는 지경에 이르렀고 지독한 불안에 휩싸여 노트북을 켰다. 전해져야 할 말들이 재현을 기다리고 있었다. 치워둔 의무. 일개 인플루언서 강연자인 재현이 정부 혹은 의료계, 언론계 등 관련자가 해야 할 일을 대신하려 하고 있었다.

서은, 금석, 그리고 자신에게 찾아온 플라스틱 이상식욕과 일련의 사건, 하루빨리 손쓰지 않으면 두 번째 팬데믹이 올 거라는 경고까지 몇 번을 고치고 또 고쳐 썼다. 선동적이고 자극적인 문장들을 빼느라 진 땀을 뺐고, 그 과정에서 자신이 사기꾼 소리를 듣긴 하지만 진짜 작가일 수도 있음을 처음으로 느꼈다. 재 현은 후에 세기의 논란을 불러일으키고 나무위키에 길이길이 남을 수도 있는 장문의 글을 SNS에 올렸다. 곧 주체할 수 없는 무섬증이 덮쳤다. 재현은 서은의 방을 찾았고, 두 사람은 오랜만에 내일 타 죽을 사람 들처럼 격정적인 섹스를 했다. 한참 뒤 두 사람이 낮 고 깊게 코 고는 소리가 오랜만에 방 안을 채웠다.

재현의 글은 삽시간에 퍼지고 공유되었다. 이제 부터 모든 게 달라질 거라는 냉담한 예측이 사람들 을 불안하게 했는지 재현의 휴대폰이 쉴 새 없이 울 렸다. 전화가 얼마나 많이 오는지 배터리까지 방전돼 버려 아예 충전기를 꽂고 있어야 할 지경이었다. 재현 은 불시에 국가기밀정보국 같은 의뭉스러운 느낌을 풍기는 기관에 쥐도 새도 모르게 납치될까 봐 전전긍 긍했다. 하지만 인터넷 반응과는 달리 공중파와 케이 블, 언론은 아무 일도 없단 듯이 잠잠했다. 한창 대선

을 앞둔 때라 후보자들의 스캔들을 퍼 나르기에 여념
이 없었다.

부부의 삶은 여전히 행복하지 않았다. 재현은 100퍼
센트 면으로 된 장갑을 끼고 살긴 했지만, 역한 물비
린내를 풍기던 쌀밥이 맛있게 느껴지는 날도 찾아왔
다. 그러나 서은의 식욕은 돌아오지 않았고, 차츰 절
식 수준으로 양이 줄었다. 두 사람은 각자의 불안과
우울의 도피처였던 마지막 섹스를 끝으로 서로를 미
워하기 시작했다. 서은은 재현이 올린 글을 보고 불같
이 화를 냈다. 남의 병력을 마음대로 세상에 까발렸
다며 용서하지 않겠다고 말했다. 예전 컨디션이었다
면 당장 고소라도 하러 변호사 사무실에 찾아갈 기세
였다. 재현은 공익을 목적으로 논리 정연하게 쓰인 글
을 그렇게 매도하는 서은이 실망스러웠다. 서은의 성
화에 못 이겨 재현이 모든 인터뷰를 거절하는 바람에
선동꾼으로 내몰릴 위기였음에도 서은은 신경조차
쓰지 않았다.

"조용히 살고 싶어. 제발 조용하게, 아무 일도 없
는 것처럼."

극도로 예민해진 서은은 그 말을 주문처럼 몇 번

이고 되뇌었다. 알겠다며 재현이 입을 꾹 다물어도 서
은은 멈추지 않고 중얼거렸다. 플라스틱 이식증이 지
나가고 서은에게 찾아온 건 신경쇠약이었다. 다시 병
원에 데리고 가봐야 할까, 재현이 고민하고 있을 때
금석에게서 연락이 왔다.

"글 봤어요. 논란의 여지가 없는 아주 훌륭한 글
이었어요. 늦게 연락해서 미안해요. 쫓기는 신세예요.
오늘 저녁에 이태원에서 비밀 파티가 있는데, 올 수
있어요?"

이 난리에 무슨 비밀 파티란 말인가. 괘씸한 마음에
재현은 서은의 상태가 좋지 않다며 에둘러 거절했다.

"작가님이 빼든 칼이에요. 무라도 자르려면 반드
시 와야 해요. 플라스틱 너들 파티예요."

"너들 파티요?"

"네. 가공 전의 플라스틱 알갱이예요. 먹기도 쉬워
서 많이들 찾는다더라고요. 유명인도 온다던데, 어때
요? 구미가 당기죠?"

금석은 말끝을 일부러 더 올렸다. 재현을 더 강하
게 설득하기 위함이었다.

"갈게요."

서은을 미라처럼 말라가게 만든 플라스틱이 증오
스러웠던 재현은 그곳에 가서 현상의 작은 실마리라
도 찾아야 한다는 사명감을 강하게 느꼈다. 자신들에
게 당도할 비극을 모른 채 플라스틱에 탐닉하는 어리
석은 자들을 두 눈으로 보고도 싶었다. 서은에게는 저
녁에 약속이 있어 나가야 한다고 말했다. 서은은 알몸
으로 안방 침대에 누워 있었다. 휴대폰도 하지 않고,
천장만 바라봤다. 그 모습이 무섭고 낯설었다.

재현은 조용히 집에서 나왔다. 바깥 날씨를 신경
쓸 여력도 없었다. 며칠 사이에 쌓이고 쌓인 눈이 발
목까지 올라왔다. 눈 오리 집게는 어디 갔을까. 재현
은 집에 돌아오면 집게를 꼭 찾아서 서은을 위해 수십
개, 수백 개의 눈 오리를 만들어주겠다고 다짐했다.

파티는 재현이 예상한 광란의 분위기와는 사뭇 달
랐다. 몸에 미칠 악영향을 생각하지 않고 당장의 유혹
만을 생각하는 파티라면 응당 죽음의 냄새를 풍겨야
마땅했다. 입장 바코드를 내밀고 들어간 홀에는 포도
알처럼 주렁주렁 매달린 너들 장식과 잘 차려입은 젊
은이들로 가득했다. 그들은 빨개진 얼굴로 칵테일과

샴페인을 마시거나 음식을 먹었다. 핑거 푸드 형식의 너들 요리는 레고 장난감처럼 다양한 색으로 사람들을 유혹했다. 보기에는 정말 평범한 파티였다. 면장갑을 끼고 온 재현을 보고 금석은 좋은 생각이라고 말했다. 그러면서 요리를 하나 집어 목구멍으로 넘겼다. 한 달 전에 본 날카로운 눈동자의 금석이 아니었다. 양 볼에 살이 피둥피둥하게 올라 있었다. 금석의 행동에 깜짝 놀란 재현이 말했다.

"참아야 되는 거 잘 알잖아요?"

"네, 알죠. 발암 위험, 성 기능 장애, 내분비계 변형, 뇌세포 파괴 등등. 그런데 안 먹으면 의심할 거예요. 주최 측이 어마어마한 곳이에요. 여기까지만 말할게요. 작가님 온 것도 그쪽에서는 이미 알고 있을 거예요."

그 어마어마한 곳이 어디든 재현은 화가 치밀어 올랐다. 위기를 이용해 사익을 챙기려는 자들은 언제나 있었다. 먹으면 안 되는 걸 기호로 포장해 시중에 퍼뜨리려는, 뻔한 의도로 기획된 파티였다.

"저 혹시 위험한 상황인가요?"

재현이 가볍게 물었다. 금석은 대답하는 대신 빨

주노초파남보 무지개 색을 띠는 엄지손톱만 한 알갱이를 입에 넣어주었다. 도로 뱉을 수도 있었다. 하지만 갖은 고상을 떨어가며 플라스틱을 씹는 사람들 틈에 끼고 싶었다. 그럴 필요가 있었다. 재현은 보란 듯이 너들을 삼켰다. 묻어두었던 강렬한 맛의 기억이 되살아났다. 쾌감도 잠시, 프루스트가 마들렌을 먹으며 아름다운 유년기를 떠올린 것과 반대로 추악한 과거의 일들이 심연에서 올라와 구역질을 일으켰다. 재현은 이제야 확실히 완치된 사람처럼 플라스틱을 멀리할 수 있을 것 같았다.

"여기 이 사람들이요, 얼마나 살 수 있을까요?"

"글쎄요."

정말로 재현은 알고 싶었다. 멀쩡한 얼굴을 한 사람이 거의 없었다. 어딘가가 금석처럼 퉁퉁 부었거나 넋이 나가 있었다. 늙은 사람도 한 명도 없었다. 전부 미래가 창창한 젊은이들이었다. 금석이 재현의 생각을 읽기라도 했는지 귓속말로 말했다.

"맞아요. 증상을 보인 모든 이가 학교 다닐 때 코로나를 겪은 세대예요. 적어도 60대 이상부터는 플라스틱을 섭취한 경우가 없어요."

금석의 말이 재현의 폐부를 찔렀다. 그 말은 우리
의 아래 세대, 즉 우리의 미래가 사라진다는 말과 똑
같았다. 믿고 싶지 않았다. 재현은 고개를 세차게 흔
들었다. 금석은 엉터리 조사관이다. 제가 뭔데. 다니
던 회사에서도 쫓겨난 주제에.

재현은 끼고 있던 면장갑이 갑자기 쓸데없이 느껴
져서 쓰레기통에 벗어 던져버렸다. 금석은 재현에게
자신이 볼펜에 달린 초소형 카메라로 현장을 찍을 테
니 파티의 증인이 되어 글을 써달라고 부탁했다. 재현
은 그런 그에게 식욕억제제를 먹고 오긴 했느냐고 물
었다. 금석은 자신은 이미 망해버렸다고, 유방암 판정
도 받았으며 지난주에 친동생마저 잃었다고 했다. 끝
이 보이는 자신의 임무에 재현을 끌어들인 것이다. 자
조적인 미소, 볼펜 끝에 생긴 무수한 잇자국……. 금
석은 너무도 빨리 무너지고 있었다. 그리고 그 표정이
낯설지 않았다. 집에 두고 온 서은이 떠올랐다.

침대에 맥없이 누워 있던 서은을 두고 나오는 게
아니었다. 양복과 드레스를 차려입고 너들을 먹는 책
임감 없는 사람들이야 어떻게 되든. 이깟 쓰레기 같은
세상. 재현은 떠나려는 자신을 붙잡는 금석을 뿌리치

고 택시를 잡아탔다. 택시 안에서 또 구역질이 올라와 입을 틀어막았다. 이런 사람이 한두 명이 아니라는 듯 나이 지긋한 기사가 재생 용지로 만든 위생 봉투를 건넸다.

"봉투까지 먹어버리더라고, 요즘 사람들. 그거 구하느라 혼났어요."

"아무래도 아내가 죽은 것 같아요."

진보라색 토사물이 봉투 속을 채웠다. 기사가 차창을 내리고 속도를 높였다.

서은의 화장대 밑에서 발견한 건 여덟 개의 임신 테스트기였다. 두 줄. 하나같이 전부 두 줄이었다. 재현은 딱딱하게 굳은 서은의 팔다리를 열심히 주무르며 서은이 눈을 떠주길 바랐다. 왼손 약지에는 청혼 당일 이후로 한 번도 볼 수 없었던 반지가 끼워져 있었다. 이제야 재현은 왜 몇 주간 서은이 식사를 하지 않았는지 깨달았다. 이건 너무하잖아. 서은아. 박서은. 재현은 허락되지 않은 아버지의 삶을 잠시 꿈꿨었다. 허망한 꿈이었다. 아이가 살아갈 미래가 걱정되어 서은은 그 어떤 것에도 식욕을 느끼지 못한 것이다. 재현은 깊은 절망감에 서은이 이전에 말했던 그 지옥을 제대로 느낄 수 있었다. 사랑으로 만들어진 부부의 가정이 플라스틱으로 인해 망가졌다.

서은이 없다면 재현도 없어져야 했다. 배 속의 아기는 지금 너들만 할 것이다. 아니다. 영양부족으로 사라졌을지도 모른다. 아이를 생각하자 재현은 갈구에 가까운 식욕으로 속이 쓰렸다. 애써 정리해두었던 공구함에서 망치를 꺼내 임신 테스트기 하나를 쾅쾅 내리쳤다. 그러고는 부서진 조각들을 집어 먹기 시작했다. 울음 같은 웃음이 비어져 나왔다. 죽음의 맛은 황홀했다. 피비린내가 사방에 퍼졌다. 식도에 뜨거운 아픔이 느껴졌고 곧 찢어지는 통증이 찾아왔다. 아무렴 어떠냐, 플라스틱이 이렇게나 맛있는데…… 두 번째 임신 테스트기를 부쉈다. 찢기든 깨지든 갈라지든 멸망하든, 이제 재현에게는 아무 상관이 없었다.

○

흡! 지희가 숨을 참고 버티자 지켜보던 간호사가 지희에게 입을 벌리라고 소리쳤다. 그렇게 하면 태아와 산모 둘 다 힘들어진다고 경고했다. 하지만 지희에게는 간호사의 말이 들리지 않았다. 그저 아프다고 표현하기에는 한참 부족한 고통으로 몸부림칠 뿐이었다. 스물넷의 지희는 젊고 건강하니 힘만 몇 번 주면 쉽게 낳을 수 있을 줄 알았다. 그러나 진통이 열여섯 시간이나 이어졌고 잠깐 기절했다가 깼는데도 여전히 아기는 나오지 않았다. 자신이 고문을 당하는 것인지 정말 아기가 있긴 한 건지 의식이 가물가물해졌다. 간호사는 결국 강제로 지희의 입을 벌렸다.

하아. 악으로 참고 있던 숨을 내뱉자 무언가 골반 아래로 쑤욱 빠져나가는 시원한 감각이 느껴졌다. 의료진의 탄성이 이어졌다.

"아기는 건강합니다. 모든 게 완벽해요. 축하드려요, 산모님."

곧 자지러지는 아기 울음소리가 귓가에 쟁쟁하게 들렸다. 지희의 입을 벌렸던 간호사가 아기를 지희의 품에 안겼다. 다른 행성에서 툭 떨어진 것처럼 아기는 생경하고 낯설고 반짝 빛났다. 지희가 울고 있는 조그마한 아기의 입에 손가락을 대자 아기는 기다렸다는 듯 침을 묻히며 빨기 시작했다.

"아!"

예상치 못한 감각에 황급히 손가락을 빼낸 지희는 곧바로 아기의 입안을 확인했다. 놀랍게도 유치가 벌써 완전히 돋아 있었다. 간호사가 고개를 갸웃하며 고무젖꼭지를 물리자 아기는 그것도 바로 씹어댔다. 아주 맛있다는 듯이.

각계 정부 부처가 모인 자리, 모두가 정 박사의 입을 바라보고 있었다. 속수무책으로 죽어가는 사람들을 더 이상 모르쇠로 일관할 수는 없는 일이었다. 몇 주 동안 정 박사는 전 세계 연구 기관과 대학으로부터 주요 연구 결과를 받아 공통적인 현상을 도출해냈다. 방송사 카메라들이 정 박사의 입만 주목했다. 재현이 온라인에 남긴 증언은 과연 세계적인 현상이었다. MZ세대라고 불리는 1990년대생을 중심으로 퍼진 알 수 없는 플라스틱 섭취 현상은 그동안 체내에 축적된 환경호르몬이 내분비계에 영향을 미쳐 끝도 없이 플라스틱을 원하도록 세포 변형을 일으킨 결과였다. 그들의 뇌는 플라스틱을 음식으로 인지하기 시작했다. 그러나 연약한 인간의 몸은 자기가 원해서 받아들인 것에 의해서도 쉽게 파괴됐다. 플라스틱으로 인해 죽어가는 해양 포유류의 전철을 밟게 된 것이다.

문제는 아직 모든 연구가 시작 단계라는 것, 사례를 수집하고 분석하는 데 손이 턱없이 부족하다는 것, 또 당장 뾰족한 치료법이 없다는 것이었다. 섣부른 판단은 유보할 수밖에 없었다. 다만 정 박사는 갓 태어난 자신의 손녀가 이제까지의 인류와는 다른 특성을 가지고 있다는 것은 알 수 있었다. 정 박사는 흐르는 비지땀을 닦았다. 이렇게 한 세대가 빠르게 멸망하고, 후세대가 그 약점을 보완해 진화한 경우는 진화생물학 역사에 존재하지 않았다. 새로운 세대는 플라스틱을 몸속에서 완전히 분해할 수 있을 거라는 가설이 제기됐고 빠르게 힘을 얻었다. 분해 유전자가 없는 윗세대는 이렇게 사라질 테지만, 적어도 다음 세대는 넘쳐나는 억만 개의 플라스틱 쓰레기를 먹어 치움으로써 지구를 구할 것이다. 결국 지구가 망하도록 인간들이 내버려두지 않을 거라던 재현의 사자후는 현실이 되었다. 아아. 마침내 정 박사는 마이크 앞에서 목을 한번 가다듬은 후 입을 뗐다.

"의료계와 학계에서는 새롭게 태어나고 있는 이들을 '플라스틱 세대'라고 명명하기로 했습니다. 역사상 유례없는 신인류가……."

후투티

예인은 퍼뜩 눈을 떴다. 푸드덕거리는 날갯짓 소리가 귓가에 들려왔다. 집 안에 웬 새 한 마리가 들어와 있었다. 아프리카 여인의 알록달록한 튜닉을 연상케 하는 깃털을 가진 새였다. 햇빛을 반사해 눈부신 연마 타일 위에서 낯선 새가 예인을 쳐다봤다. 도자기 표면처럼 윤이 나는 까만 눈이었다. 예인은 옆에 잠든, 이름도 까먹은 남자를 깨웠다. 그에게서 희미하게 술 냄새가 났다.

"자기야. 저기 좀 봐."

화장실 창문을 통해 들어온 걸까. 새는 쪼아먹을 게 없는 바닥을 긴 부리로 톡톡 찍어보면서 여기가 어딘지 헤아리려는 것 같았다. 새는 뒤엉킨 연인을 힐끔 봤다가 다시 톡톡톡 바닥을 쪼았다. 예인은 지난밤 정신없이 즐긴 흔적들로 가득한 테이블 위에 먹이로 줄 만한 것이 있나 찾아보았다. 눈을 뜬 남자는 집 안

에 들어온 낯선 새보다 티팬티만 입고 있는 예인에게
더 흥분해 키스를 퍼부으며 엉겨 붙었다.

"하지 마."

예인은 남자의 손길을 치우면서 물었다.

"무슨 새지? 울새?"

예인이 아는 새는 세 종류뿐이었다. 비둘기, 참새,
갈매기. 머릿속에서 대중없이 급조해낸 이름이 울새
였다.

"후투티."

어젯밤 뒷골목에서 버스킹을 하던 남자가 넌지시
말했다. 예인은 입술이 동그랗게 오므라지는 발음을
가진 새의 이름이 마음에 들었다.

"후투티, 후투티야. 여긴 어떻게 들어왔니?"

후투티가 예인의 부름을 알아들은 것처럼 머리 깃
을 세우고 두어 걸음 가까이 걸어왔다. 그러곤 다시
자세를 바꾸더니 날개를 폈다. 순식간이었다. 집 안을
한 바퀴 돈 후투티는 하늘이 그대로 보이는 큰 유리
창을 향해 돌진했다. 그렇게 빠른 속도는 아니었지만
유리창은 충격으로 잘게 떨렸고, 새는 쿵 소리를 내며
바닥으로 추락했다.

예인은 벌떡 일어나 쓰러진 새를 확인했다.

"죽었어?"

남자도 따라 일어났다. 예인이 그 작은 몸통을 손바닥 위에 올려놓자, 후투티는 코발트블루 빛이 도는 기이한 토사물을 쏟아냈다. 히이익, 히힉. 그리고 깊게 숨을 마시더니 더 이상 움직이지 않았다.

"플라스틱을 먹은 것 같아……."

"뭐?"

"피피 말이야. 네가 환장하는 거."

남자는 예인의 집 서랍장서부터 주방 테이블, 신발장 위까지 점령한 에코 캔디 상자를 가리켰다. 정식 명칭은 에코 캔디였지만, 사람들은 그냥 그것을 '피피'라 불렀다. 생분해되는 바이오 플라스틱으로 만들어진 엄지손톱만 한 피피는 카페인 제로, 당분 제로, 강력한 각성 및 다이어트 효과를 내세웠는데, 최근에는 심장 질환에도 좋다고 알려지며 남녀노소 모두가 찾아 먹는 국민 캔디가 됐다. 다시 말해 요즘 트렌드였다.

"집 안에서 본 건 처음이지만 저렇게 죽은 새 많더라. 거리에 널렸어. 저런 쓰레기 같은 걸 먹어대니까 동물들이 피해를 입는 거야, 알지? 아, 미안…… 내가 너무 나갔나?"

남자가 그제야 딱딱해진 예인의 표정을 읽었다.

"나 출근 준비해야 하니까 이제 그만 가줘. 그리고 자기가 잘 모르는 것 같아서 말하는데 피피는 동물에게 해를 입히지 않아."

예인은 남자가 얼른 구겨진 바지를 주워 입고 집에서 나가주길 바랐다. 하룻밤의 쾌락이 끝난 뒤 남은 것은 남자의 어색한 눈빛뿐이었다. 예인은 좀 전에 남자가 쓰레기라고 욕한 에코 캔디의 포장을 뜯어 하나를 먹었다. 입안에 민트와 라임의 화한 맛이 퍼졌다. 남자의 키스보다 훨씬 달콤했다. 예인의 회사에서 작년에 출시한 새로운 맛이었다. 휴대폰 알람이 시끄럽게 울렸다. 할아버지 생일을 알리는 알람이었다. 유일한 혈육. 예인은 집 안 한가운데에서 불길한 기운을 내뿜는 후투티를 처리할 좋은 방법을 떠올렸다.

○

"우리 회사 신제품이에요."

허. 깊은 탄식이 교석의 입에서 흘러나왔다. 정원 일을 하고 있었는지 흙이 잔뜩 묻은 작업복 차림으로 다가온 교석은 손녀가 내미는 상자를 내려다봤다. 겨우 플라스틱 사탕 주제에 포장은 갈수록 고급스러워졌다.

"열어보세요."

예인이 장난꾸러기 같은 표정을 지으며 보챘다. 예인은 교석 앞에서 언제나 반쯤 풀어진 사람처럼 굴었다. 대부분의 '플라스틱 세대'가 그랬듯이 바로 전 세대가 증발하다시피 사라지는 바람에 그녀 역시 아빠의 얼굴을 한 번도 보지 못했다. 엄마는 예인이 한 살이었을 때 죽었다. 역시 사진으로만 엄마를 기억할 뿐이었다.

"에이. 할아버지, 장난이야. 에코 캔디 같은 거 아니니까 열어봐요."

예인의 애교 섞인 재촉에 교석은 상자를 열었다.

"죽은 새를 선물하는 게 요즘 젊은이들 사이에서 유행인가."

"오늘 아침에 저희 집에 들어와서 죽었는데 파란색 구토를 했어요. 박사님 전문이니까 좋아하실 것 같아서."

예인의 예상대로 교석은 "파란색 구토"라는 말에 고개를 들고 두꺼운 은테 안경 너머로 예인을 쳐다봤다.

"플라스틱을 먹었나?"

"얘가 뭘 먹었는지는 저도 모르죠. 그건 할아버지 전문이니까 파헤쳐보세요."

교석은 예인이 심사숙고해서 고른 진짜 선물을 건네기도 전에 상자를 들고 멀어졌다. 연구자 특유의 호기심이 발동된 모양이었다. 그는 한 번씩 연구 대상에게 영감을 받아 작업실에 들어가면 기본 대여섯 시간은 얼굴을 내비치지 않았다. 한창때와 달라진 게 없는 모습이었다.

교석이 흥미로워할 줄 알았다. 예인은 무거운 짐 가방과 케이크 상자를 혼자서 옮기며 집 안으로 들어섰다. 마을과 외따로 떨어진 곳에 위치한 단층 주택은 예인이 다섯 살 되던 해에 교석이 국가재난연구소 소장 자리에서 은퇴하고 이사한 곳이었다. 덕분에 예인은 시시한 유치원은 건너뛰고 넓은 잔디 정원에서 흙 놀이를 하거나 오이, 파 같은 교석이 키운 농작물을 괴롭히며 자랐다. 교석을 술래로 두고 숨바꼭질을 하기도 했다. 제대로 된 이웃 없이도 세월은 외로워할 틈도 없이 계절과 함께 바삐 흘러갔다. 그 집은 예인의 정다운 유년 시절의 추억이 서린 곳이었다.

"손녀 왔는데 오늘 저녁은 뭐예요? 난 소고기 먹고 싶은데? 할아버지!"

예인이 차고 옆에 붙은 창고를 향해 소리쳤지만 응답이 없었다. 교석은 벌써 새 해부에 푹 빠진 듯했다. 유난스러운 연구욕이었다. 예인은 이런 할아버지가 왜 그토록 일찍 연구를 관두고 시골로 내려왔는지 가끔 이해할 수 없었다.

저녁 식사는 예인의 바람대로 소 안심 바비큐였다. 길고 지루했던 겨울이 끝나가곤 있었지만 밤이 되자 경기도 북쪽에 위치한 마을의 주택에는 여전히 차디찬 칼바람이 불어왔다. 그럼에도 예인은 그릴이 있는 야외 테이블에서 밥을 먹자고 고집을 부렸다. 황소고집을 부린 건 교석도 마찬가지였다. 교석은 아기 새에게 모이를 주듯 구운 고기를 부지런히 집 안으로 날랐다.

"불편해서 못 먹겠네."

볼멘소리를 했지만 예인은 교석이 열심히 배달하

는 소고기를 소금에 찍어 맛있게 먹었다. 교석이 집 안으로 들어올 때마다 매캐한 불 향이 함께 따라왔다. 익숙한 시골 냄새였다. 배부른 예인의 젓가락질이 느려지자 교석은 비로소 그녀의 앞자리에 앉아 남은 고기와 채소를 먹었다.

"네 얼굴이 점점 핼쑥해지는 것 같아서 두고 볼 수가 있어야지."

"핼쑥한 게 아니고 건강한 거죠. 마름탄탄."

예인이 소매를 걷어 팔뚝의 알통을 보여줬다. 크기를 극대화하기 위해 주먹을 꽉 쥐었지만 매일 땅을 파고 나무를 쪼개는 교석의 울룩불룩한 근육에 비하면 형편없었다.

"만나는 사람은?"

또 지겨운 레퍼토리의 시작인가. 예인은 예인대로 교석에게 맞대응할 소재가 있었다.

"아까 우리 회사 신제품 나왔다고 했잖아요. 이번에는 생수예요. 에코 워터."

"하나 소개해줘? 괜찮은 놈 있다."

"맛이 어때요? 할아버지가 지금 마시고 있는 거예요."

"크흡!"

예인의 예상치 못한 말에 교석은 바로 개수대로 뛰어가서 입에 남아 있던 물을 뱉었다. 굳은 얼굴로 돌아온 그는 자기가 마시던 것은 물론 맞은편에 놓인 컵에 든 물과 물이 담겼던 통까지 모두 버렸다.

"이런 걸 가져오면 어떡해!"

"그거 먹는다고 안 죽어요. 몸속에 티끌 하나 남기지 않고 분해되는데 뭘 그렇게 민감하게 반응해요? 사람 무안하게."

"너는 몰라도 나는 죽어. 이 할아빈 죽는다고. 나 죽고 나면 세상에 너 혼자인데 어떡하려고 이러냐. 애인 하나 없는 놈이."

"아니 글쎄. 죽긴 누가 죽어요."

예인이 답답해하며 소리쳤다. 완전히 입맛을 잃은 교석은 예인을 무섭게 노려봤다.

"그 쓰레기 같은 것들, 다시는 내 집에 들고 오지 마라. 그리고 너도 많이 먹어 좋을 거 없다."

오늘 아침 예인이 이곳에 데려올까 10초 정도 고민했던 남자의 태도와 비슷했다. 철저하게 구시대적인 이들 때문에 플라스틱 식품 업계는 매번 한계에 부딪혔다. 최근 들어 기호 식품으로 인정받는 추세였지만, 어딜 가나 편견은 항상 따라다녔다. 플라스틱 사용을 종용하는 환경 파괴범들, 돈만 좇는 자들, 거짓말쟁이들. 그러나 사실은 그 반대였다. 마침내 분통이 터진 예인이 벌떡 일어나 항변했다.

"왜 자꾸 남의 일을 폄하해요? 나 정말 할아버지랑 얘기할 때 벽이랑 얘기하는 것 같아. 식약처에서 건강 기능 식품이라고 인증도 받았고, 리코에서는 할아버지가 상상도 못 할 만큼 똑똑한 연구원들이 몇 년을 고생해서 제품을 만들어요. 세상 사람들 말은 다 거짓말이고 음모인 줄 알죠? 할아버지만 연구원이야? 무슨 연구원이 연구 결과를 못 믿어? 이전에 연구 결과지며 논문 가져다 드린 거 읽기나 했어요? 읽지도 않았죠? 논리는 어디 가고 아집과 의심만 가득해졌어요? 나이 들면 다 이런가?"

눈물이 그렁그렁한 예인의 눈을 보고도 교석은 아무 말도 하지 않았다. 중요한 순간에 교석은 항상 대화를 거부하고 회피했다. 그는 등을 돌려 안방으로 들어가버렸다. 달칵. 문 잠그는 소리가 유난히 크게 들렸다.

"어디 가? 아직 케이크에 촛불도 안 밝혔는데!"

기어이 흐르는 눈물을 닦으며 예인은 잠긴 문에 대고 소리쳤다. 피피 때문에, 예인이 다니는 회사인 리코플라스틱 때문에 몇 번을 싸우는 건지 몰랐다. 예인도 할아버지가 너무 싫어하는 탓에 다른 회사로 옮겨볼까 고민한 시기가 있었다. 실제로 회사를 그만두고 연봉도 두 배로 높여 광고 전문 회사에 들어갔지만 1년도 못 가 그만두고 돌아왔다. 리코에서는 온갖 격무에 시달리면서도 보람차지 않은 날이 없었다. 땅에 파묻히고도 썩지 않아 골칫거리였던 플라스틱과의 전쟁에서 승전고를 울린 유일한 주체가 바로 리코를 비롯한 플라스틱 식품 생산 업체였다. 인간이 먹어 치움으로써 쓰레기를 늘리지 않는 산업, 자연에 무해하며 석탄, 석유, 원자력처럼 과도한 열에너지를 배출하지 않고 도리어 인류를 구원하는 산업이 생분해되는 플라스틱 식품 산업이었다.

세상에 이보다 좋은 일이 어디 있나.

기획실을 이끄는 젊은 실장인 예인은 에코 캔디, 에코 워터를 더 멋지고 더 먹어보고 싶게 보이도록 광고했다. 지구를 위한 사명이랄까, 그런 걸 받들며 일한다는 자부심이 있었다. 코로나와 플라스틱 팬데믹을 몸소 체험한 교석은 과거의 유령이었다. 플라스틱은 네 엄마와 내 아들을 죽였어, 살아남은 사람은 거의 없었다, 같은 소리를 수없이 되풀이하며 완전히 바뀌어버린 현재를 받아들이지 못했다. 그에게는 현재가 없었고 따라서 미래도 없었다.

예인은 교석이 좋아하는 하얀 생크림이 가득한 케이크를 꺼내 큰 초 여덟 개와 작은 초 세 개를 꽂았다. 불은 붙이지 않고 교석의 방문 앞에 두었다.

"일이 생겨서 가봐야 할 것 같아요. 생신 축하해요, 할아버지."

안쪽에서는 기척이 없었다. 예인은 울어서 빨개진 코끝을 매만지며 집을 나섰다.

서울로 돌아오는 길에 마치 예인이 형편없는 주말을 보내고 있을 것을 예상했다는 듯이 이태라에게서 전화가 왔다. 이태라는 지금의 리코를 있게 한 여자였다. 한국에서 가장 유명한 급진적인 환경론자이자 페미니스트였고, 늘 각 잡힌 셔츠에 원색 정장을 차려입고 대중 앞에 나서길 좋아하는 인플루언서였다. 아버지가 일궈놓은 플라스틱 산업 공정을 전부 폐기하고 식용 가능하며 맛있는 플라스틱 식품을 생산한 개발자이자 예인의 롤 모델이기도 했다.

"내일 TNS 홍보 인터뷰 제가 할게요."

"나야 당신이 나서주면 좋지. 박 연구원은 호감형이지만 말투가 좀 남을 가르치려 드는 딱딱이잖아. 그런데 목소리가 별로 안 좋네. 무슨 일 있어?"

눈치 빠른 상사의 물음에 예인은 말을 아꼈다. 일과 사생활을 명확히 구분하는 예인의 성격을 잘 아는 이태라는 더 묻지 않았다. 그 대신 검은색 구찌 원피스를 입고 가라고 권했다. 네크라인이 시원하게 파여서 그거 잘 어울리더라. 당신은 목선이 예쁘니까 강조해줘. 예인은 자기가 연예인도 아닌데 그럴 필요가 있느냐고 했지만 다음 날 그 원피스를 챙겨 입었다.

주말 저녁 8시 30분에 나가는 짤막한 인터뷰를 위해 회사는 억대의 광고비를 지불했다. 홍보팀 직원들이 나와 예인에게 깍듯하게 인사했다. 세 가지 맛으로 나온 에코 워터는 투명하고 각진 힙플라스크 용기에 담겼는데 가장자리에 은장 띠가 둘러져 있어 고급스러운 느낌을 풍겼다.

백색 조명 아래에서 에코 워터 속 작은 플라스틱

알갱이들은 은비늘처럼 빛났다. 쓰레기 같은 것이란
오명에서 완전히 벗어나지 못해서 그런지 예인은 그
것들이 제 새끼처럼 안쓰러웠다. 인터뷰 테이블에 진
열된 에코 워터 하나를 따 마셨다. 그사이 립스틱이
지워졌는지 분장 스태프가 득달같이 달려와 입술 라
인을 수정했다.

"이거 정말 다이어트에 좋아요? 나오자마자 마셔
봤는데 속이 메슥거리더라고. 해초 맛은 영 못 먹겠던
데. 다 버렸어요."

전에 몇 번 본 적이 있는 김지태 아나운서였다. 예
인은 항상 자기가 괜찮다고 착각하는 오만한 남자에
게 끌렸다. 그는 전부터 지인을 통해 예인을 만나고
싶다고 호감을 표해왔다. 그때마다 예인은 무대응으
로 일관했다. 그럴수록 가치는 올라가고 상대의 몸은
달는 법이었다. 오랜만에 마주한 김지태는 마치 그런
적 없다는 듯 철판을 깔고 무관심한 체했다. 귀엽네.
그의 앞에는 카페모카 한 잔이 놓여 있었다.

"김 아나운서님은 드실 필요 없죠. 이미 완벽한 사
람이 얼마나 더 완벽해지려고 그러세요."

"하하, 제가 뭐가 완벽합니까. 다이어트하느라 죽을

맛이에요. 완벽한 사람은 실장님이죠. 점점 아름다워지시네, 인간미 없게. 오늘 저녁에도…… 바쁘시겠죠?"

"바빠 죽겠어요. 그래도 저녁 먹을 시간은 있어요. 같이 하실래요?"

예인의 말에 지태가 래미네이트 시술로 가지런해진 이를 드러내며 씨익 웃었다. 상큼한 미소였다. 패널로 함께 나온 한의사가 두 사람을 번갈아 보며 팔짱을 꼈다. 그 역시 회사가 고용한 한의사로 앵무새처럼 홍보 대본을 읽기만 하면 되는 역할이었다. 인터뷰는 일사천리로 진행됐다. 예인은 사람들과 사적인 대화를 즐기는 편은 아니었지만 카메라 앞에서는 자신도 놀랄 만큼 사교적이고 재치 있었다. 타고난 언변가였다. 게다가 친조부가 전 국가재난연구소 소장이자 플라스틱 세대를 최초로 규정한 정교석 박사라는 사실과 아버지가 연구원, 어머니가 첼리스트, 그 자신은 미국 유명 대학 출신이라는 점이 그녀에게 후광을 드리웠다. 여기에 대중의 이목을 잡아끄는 재주가 있는 이태라를 만나면서 금방 인지도를 얻었다.

두 시간의 촬영이 끝나고 홍보팀이 뒷정리를 하는 동안 예인은 김지태가 먹고 메슥거렸다던 에코 워터를 마셨다. 옆에서 그 모습을 지켜보던 한의사가 헛기침을 하며 물었다.

"이거 안정성 보장된 건 맞죠? 저도 이름 걸고 하는 거라……."

"당연하죠. 그렇게 못 미더우시면 다음 출연은 재고하시죠."

퉁명스럽게 대꾸한 예인이 홍보팀장에게 다가가 저런 얼간이는 어디서 섭외해왔냐고 따져 묻자, 팀장은 난처한 얼굴로 그저 죄송하다고 말했다. 예인의 설명에 추임새나 넣고 약간의 의학 정보나 얹어주면 되는 것을 방송 내내 내적으로 갈등하며 얼버무리기만 한 이였다. 저 사람 이름이 뭐라고 했지? 예인의 질문에 답한 이는 상황을 옆에서 지켜보던 김지태였다.

"한은혁이요. 실장님, 저 방송 마치면 미팅도 금방 끝나는데 그럼 두 시간쯤 뒤에……."

"페닌슐라에서 8시요. 늦지 마요. 전 시간이 금인 사람이라서요."

예인이 말을 자르며 대답했다. 김지태는 기대했던 포상을 받은 아이처럼 함박웃음을 지으며 서둘러 데스크로 돌아갔다.

"앞으로 패널들 이력은 제가 직접 검토합니다."

예인은 홍보팀장의 대답을 기다리지 않고 자리를 떴다.

김지태는 8시 정각에 페닌슐라에 나타났다. 라운지 바의 지나치게 어두운 조명 때문에 마주 앉은 서로의 얼굴만 간신히 알아볼 수 있었다. 그곳은 기본 안주로 크리스털 볼에 피피 여러 알을 담아주는 곳이라서 피피에 환장하는 이들의 성지였다. 김지태는 입안에서 피피 한 알을 굴리며 진토닉을 홀짝였다. 목을 꽉 조였던 넥타이는 바지 주머니에 넣고 와이셔츠 단추는 몇 개 풀었다. 김지태는 방송 일이 지겨워 이직을 생각 중이라고 말했다. 가만히 듣고 있던 예인은 계속 일 얘기를 할 생각이라면 가겠다고 했다. 직설적이고 분명한 사람이란 건 알았지만 김지태는 순간적으로 예인이 생각보다 더 어렵게 느껴졌다. 긴장되어 자세를 고쳐 앉았다. 지상파 방송사의 간판 아나운서인 그에겐 익숙하지 않은 상황이었다. 그리고 그게 드물게 싫지 않은 경우였다.

"일만 알고 나머지는 신경 안 쓰는 사람인 줄 알았는데, 의외네요?"

"사람 제대로 잘못 봤어요. 저는 선물 하나를 살 때도 상대의 모든 것을 파악하려는 사람이에요."

"오. 그런 사람이 두 시간 동안 옆에서 얘기한 한 의사의 이름조차 기억 못 한 거예요?"

"내 관심을 끄는 사람에 한해서만."

김지태의 비아냥에 예인은 정곡을 찔린 듯 민망함을 숨기며 덧붙였다. 가볍고 여성 편력이 있다는 평판을 익히 들어 별 기대를 하지 않은 만남이었다. 예인은 자신의 직감에 언제나 확신이 있었고 한 번도 어긋난 적이 없었다. 적당히 이어지는 대화와 성적 긴장감, 오만한 콧대. 그를 휘어잡고 싶었다.

불쑥 가까워진 예인의 갈색 눈. 흰자위가 도드라져 묘하게 색정적이라는 느낌을 주는 그 눈의 주인이 김지태에게 입을 맞췄다. 그의 치아를 훑고 혀를 섞던 예인은 그때껏 입안에서 녹고 있던 피피를 훔쳤다. 그리고 자신의 입으로 넘어온 피피를 어금니로 으스러뜨리며 키스의 여운을 느꼈다. 그때 테이블 위에 올려둔 예인의 휴대폰이 반짝였다. '정교석.' 김지태는 발신인을 곁눈으로 확인했다. 예인은 거절 버튼을 눌렀다.

"할아버지 전화 안 받아도 돼요?"

"네, 상관없어요."

다시 '정교석' 세 글자가 떴다가 사라졌다. 이윽고 '이태라'의 이름이 떴다. 이번에는 받지 않을 수 없었다. 김지태가 입 모양으로 화장실에 다녀오겠다고 말하며 자리를 피해줬다. 다짜고짜 이태라는 지금 당장 2공장으로 가달라고 했다. 2공장은 다섯 개의 플라스틱 식품 가공 공장 중에서 규모가 가장 큰 곳이었다. 밤 10시가 다 되어가는 시각이었다. 금방 돌아온 김지태는 그사이 확연히 식어버린 분위기를 느끼고 가야 하느냐고 물었다.

"즐거웠어요. 데이트는 여기서 마무리하죠."

"회사 들어가세요?"

"워커홀릭 맞아요. 키스 좋았어요. 다음번에도 기회가 있겠죠."

예인의 입에서 나온 '키스'란 단어가 더없이 사무적으로 들렸다. 김지태가 멋쩍게 헛웃음을 지었다. 예인은 계산서를 챙겨 먼저 떠났다. 정말 매너 없는 여자네, 김지태는 허탈한 기분에 그녀가 열심히 홍보하던 피피를 하나 집어 먹었다. 커피 맛이 났다.

○

회의실에 들어서는 예인을 모두가 의아한 눈으로 바라봤다. 2공장의 공장장 조승진이 브리핑 중이었고 각 공장의 파트장들이 그 앞에 앉아 있었다. 그들은 예인보다 한참 전에 입사한 고참들로, '안전' 글자가 적힌 형광 조끼를 입고 있었다. 그들이 목선이 훤하게 드러난 검은색 벨벳 원피스 차림으로 공장에 온 사람을 위아래로 훑어보는 건 어찌 보면 당연한 일이었다. 예인은 아무렇지 않은 척했지만 자신이 그곳의 이방인임을 확실히 느꼈다. 2공장으로 가라면서 아무런 언질도 주지 않은 이태라가 조금 원망스러웠다.

예인이 부산스럽게 의자를 찾아 두리번거리자 지켜보던 조승진이 회의를 잠시 쉬어가겠다고 선언하곤 의자를 가져와 건넸다.

"본사에서 여긴 어쩐 일이세요?"

"저도 지금 그게 궁금합니다."

예인은 조승진에게서 나는 찌든 담배 냄새를 애써 외면하며 상황을 파악했다. 벽면의 스크린에는 항구로 떠밀려온 새들과 수백 마리는 되어 보이는 물고기들의 사체 사진이 떠 있었다. 테이블에는 각종 검사 지표와 물고기 사체, 거기서 나온 플라스틱 입자 사진이 정리된 보고서가 놓여 있었다.

"저기 인천항 아니에요?"

"네. 지난 일주일 동안 계속 공장 인근 항구로 동물들 사체가 밀려와서 표본 검사를 진행 중이에요."

급하게 보고서를 넘기며 예인이 다시 물었다.

"결과는 정상이군요?"

공장에서 배출한 오염수가 인천항으로 바로 흘러 들어갈 가능성은 제로였다. 모든 공장은 오염수를 기준치에 맞게 정화해 배출하고 있었다. 배출된 정화수도 시료 채취 분석 결과 화학적산소요구량이 피라미도 살 수 있는 5.0피피엠이었다.

"남자 친구랑 끽, 한잔 꺾고 왔나 봐. 기획실이 여기까지 웬일이래. 홍보 사진이라도 찍으러 왔나?"

"보시다시피 빈손입니다만."

두 사람의 대화에 끼어든 건 주변에 있던 제1공장장 서봉재였다. 리코의 초창기 멤버라서 예인은 그의 재수 없는 성격을 군말 없이 참았다.

"사진 안 찍으신다니 오늘은 마음 놓고 실장님 옆

에 앉아서 귤이나 까먹어야겠다."

서봉재는 가운데에 놓인 귤 두 개를 들어 하나를 예인에게 건넸다. 예인은 손을 휘저으며 거절했다. 애초에 홍보 사진을 찍을 상황도 아니기에 그저 대놓고 빈정대는 것이었다. 그의 불편한 관심을 피하고자 다시 보고서로 눈길을 돌렸다. 회사가 아니라면 무엇이 문제길래 이 많은 새와 물고기가 죽음을 맞았을까. 사진 속 사체 옆에는 작게 조각난 미세 플라스틱들이 나열되어 있었다. 에코 캔디의 포장지로 보이는 봉지 조각도 보였지만, 그것이 곧바로 회사 과실의 증거가 되는 건 아니었다.

담배 피우러 나갔거나 화장실에 갔던 파트장들이 다시 돌아와 자리를 채웠다. 조승진이 브리핑을 재개했다.

"3월 20일 어제 정부 현장 조사단이 나와 조사를 끝내고 돌아갔습니다. 수질, 토양, 중금속 등 스물다섯 개 항목을 조사했지만 모두 유해 성분 불검출 및 기준치 이하였습니다. 우리 공장과 떼죽음이 직접적인 관련은 없다는 게 증명된 건데……."

"그런데 뭐가 문제란 거야?"

성격 급한 서봉재가 말을 자르며 물었다.

"결과지가 중요한 게 아니에요. 중요한 건 이 결과를 아무도 믿지 않을 거란 거죠. 지난 플라스틱 팬데믹으로 사람들은 기본적으로 플라스틱을 두려워해요. 요즘 누가 식탁에 미세 플라스틱이 있을지도 모를 생선을 올립니까? 누가 조개를 먹죠? 아무도 먹지 않아요. 그러나 피피는 먹습니다. 식약처에서 건강 기능 식품으로 인정한 피피는 먹는다고요. 같은 플라스틱이라도 사람들의 반응은 판이합니다. 플라스틱을 먹더라도 안전한 플라스틱을 먹겠다는 거예요. 여러분도 아시다시피, 지금 에코 워터를 출시한 지 2주밖에 되지 않았습니다. 에코 캔디와는 달라요. 이건 물입니다. 인간 몸의 70퍼센트를 차지하는 필수 물질이요. 정부는 이번 사태가 리코와 관련 없다고 발표하고 끝낼 거예요. 하지만 이 많은 물고기와 새의 사체는 우리가 치워야 합니다. 뒤처리는 우리 몫이에요. 그리고 사람들은 그런 우리에게서 의심을 거두지 않을 거예요."

서봉재의 물음에 대한 예인의 답이었다.

어느덧 테이블에 둘러앉은 남자들이 몸을 돌려 예인을 바라보고 있었다. 불과 몇 시간 전만 해도 예인은 카메라를 향해 에코 워터의 장점을 홍보하고 있었다. 할아버지의 이름을 파는 건 싫었지만 김지태가 예인의 할아버지가 정교석 박사라는 점을 들며 에코 워터의 안전과 효능을 보증했다. 지하층을 뚫어서 길어낸 생수보다 에코 워터를 마시는 게 자연에 훨씬 더 이롭다고 했다. 젊은 층을 겨냥한 말이었다. 플라스틱 세대는 그 어느 세대보다 기후와 환경에 민감하게 반응했다. 부모 세대의 실수를 반복하지 않으려는 생존 본능에 가까웠다.

"기획실에서는 정부 발표 그대로 보도 자료를 뿌릴 겁니다. 하지만 한동안 매출 타격은 피할 수 없을 거예요. 공장을 옮길 수는 없으나 새와 물고기의 떼죽음이 또 일어나서도 안 됩니다. 어떻게든 막아야 해요. 대응팀 조직을 건의합니다."

이태라가 왜 2공장으로 가라고 했는지 확실하게 알게 된 예인이 조승진에게 당부했다. 서봉재가 옆에서 콧방귀를 뀌었으나 할 말은 없는 모양인지 카악, 하고 가래를 모아 종이컵에 뱉을 뿐이었다. 각 파트장이 또 다른 사항을 전달하기 시작할 즈음 예인은 보고서를 챙겨 회의실을 빠져나왔다. 새벽 3시. 마침 공장 직원들의 휴식 시간이었다. 직원들은 식당에 삼삼 오오 모여 커피를 마시거나 수다를 떨고 있었다. 예인은 형광 조끼 무리에서 익숙한 얼굴을 찾았다. 화려한 원피스를 입은 예인이 상당히 튀었는지 기수가 먼저 예인을 발견했다.

"오늘 회의가 길어진다 싶더니 당신 때문이었군."

기수 옆에 있던 동료들이 힐끔거리며 지나갔다.

"혹시나 해서 와봤는데 심야 근무 너무 오래 하는 거 아냐?"

"운 좋았네. 그래도 이번 주까지만이야. 내 사무실로 가자. 여기 있으면 귀 간지러워서 오늘 잠 못 잘걸."

기수는 구내 카페에서 커피 두 잔을 받은 뒤 거대한 여과기 옆에 붙은 옹색한 자신의 사무실로 예인을 안내했다. 2년 전, 독신자 클럽에서 우연히 만난 기수는 어느 자리에 있든 시선을 끄는 유쾌한 사람이었다. 나중에 같은 회사에 다닌다는 것을 알고 무척 반가웠다. 주말마다 함께 볼링을 치고 술을 마시던 여자가 이태라의 '미니미'라 불리는 정예인이라는 것을 알고 "이제 나 백 생긴 거네?" 하고 깔깔댔던 기수였다. 백이라고 해봐야 지금처럼 예인이 2공장에 들를 때 가끔 커피나 한잔하는 게 전부였다. 독신자 클럽에서 가장 먼저 탈퇴한 기수는 작년에 공장 동료와 결혼해 현재는 임신 3개월 차였다.

"인천항에서 갈매기들 싹 다 죽은 것 때문에 왔지? 우리와는 상관없다던데?"

"상관없는 일인데 상관이 있지."

"야, 쉽게 말해봐."

"귀찮게 됐다는 소리야. 그나저나 아이는 어때? 잘 크고 있지?"

"하루가 다르게 크고 있지. 안 크면 큰일 나. 조승진이 매일매일 와서 물어본다니까. 아주 귀찮아 죽겠어."

"걔가 왜 물어?"

"몰라. 물어보는 것도 찜찜하게 물어봐. 글쎄, 남편한테 나 첫 임신이냐, 유산기 없냐, 이상한 걸 물어봤다니까. 변태 새끼도 아니고."

"조승진이?"

예인은 조승진을 잘 알진 못했지만 그의 과거는 대충 알고 있었다. 둘 있던 자식을 플라스틱 팬데믹 때 잃은 뒤 지금은 거죽만 남은 얼굴로 필요한 말만 하는 신중한 사람이었다. 그답지 않은 행동이었다.

"소문이 사실일까 떠보는 것 같기도 하고."

기수가 예인의 눈치를 보며 말했다.

"말도 안 돼."

리코 공장에 떠도는 소문은 예인도 잘 알고 있었다. 플라스틱의 영향으로 공장 여자들이 자주 유산을 겪거나 임신이 잘 되지 않는다는 것. 소문은 괴담처럼 퍼져서 여직원이 임신하면 서둘러 회사를 그만두는 일이 몇 년 전까지만 해도 비일비재했다. 이를 의식한 리코는 다른 회사보다 훨씬 더 좋은 복지 정책을 내놨다. 고액의 임신 축하금부터 능동적인 업무 배제, 최장 48개월까지 쓸 수 있는 육아 휴직까지.

예인의 얼굴이 어두워지자 기수가 예인의 손을 잡아 자신의 배 위에 올렸다. 예인은 기수의 온기를 느끼며 이상한 기분에 휩싸였다.

"아가야. 잘나신 정예인 이모의 기운이 느껴지지? 꼭 예인 이모처럼 훌륭하고 똑똑한 사람이 되어야 한다."

기수가 배를 내려다보며 말했다. 예인도 한마디 거들었다.

"이모 안 똑똑하고 안 훌륭해. 그런데 이모가 체력

은 타고났어요. 이모처럼 건강한 사람 되자."

"야, 건강한 걸로는 안 돼. 성공해야지."

"그것도 돼. 내가 애 대모 해줄 거야."

대모가 정확히 뭔지도 모르면서 예인이 말했다. 기수가 든든하다는 얼굴로 웃었다. 예인이 기획실장이라는 것을 알고 백이 생겼다며 기뻐하던 그때 그 얼굴이었다. 여자가 임신하면 피부에 윤기가 흐른다더니, 기수에게서도 빛이 났다.

○

공장에서 날밤을 지새운 예인이 기사를 확인하고 잠자리에 들려던 참이었다. 오후 회의까지 남은 시간은 겨우 세 시간이었다. 휴대폰 액정에 할아버지의 이름이 떴다. 예인은 작게 한숨을 쉬고 전화를 받았다.

"후투티 때문에 전화했다."

"후투티? 그게 뭔데요?"

"네가 가져온 새."

아아. 예인은 건성으로 대답했다. 지난 주말의 일들이 벌써 까마득하게 느껴졌다. 불과 이틀 전이었다.

"아무 데나 물어주세요. 거기 물을 데 많잖아요."

"후투티 몸속이 어땠는지 아니?"

예인은 침대 옆 협탁에 놔둔 보고서로 손을 뻗었다. 교석의 말투로 봐서 갈매기들과 같은 사인임이 틀림없었다. 피곤해서 말이 곱게 나오지 않았다.

"플라스틱으로 가득했겠죠? 또 우리 회사 때문이에요?"

"집으로 들어온 새라며. 집 안으로 들어온 새가 이렇다는 건 거의 모든 야생 동물이 플라스틱에 노출됐다는 뜻이야. 당장 거기 그만둬라. 나중에 그 업보를 다 어떻게 짊어질래?"

"그게 우리 때문이라는 직접적인 증거는 없잖아요. 아무 근거도 없이 사람 잡지 마세요. 그리고 리코에서 만드는 건 식품이라고요. 산업용이 아니라. 몇 번을 얘기해요. 이런 일로 전화하지 마세요. 나 피곤해. 하루 종일 시달렸어. 할아버지가 아니라도 죽겠다니까!"

예인은 일방적으로 화를 내고 전화를 끊었다. 잠이 싹 달아났다. 오지 않는 잠을 청하려 애쓰느니 러닝을 하기로 했다. 암막 커튼을 젖히자 미세먼지 하나

없이 맑은 하늘이 펼쳐졌다. 예인은 운동복으로 갈아입고 곧바로 집 근처 하천으로 향했다. 그깟 잠 하루 못 잔다고 큰일 날 사람이 아니었다. 어느새 봄기운이 무르익고 있었다. 트랙 코스를 달리다 보니 기분이 좋아져서 집에 가면 할아버지에게 다시 전화해야겠다고 다짐했다. 생일도 혼자 보내게 하고, 자신이 너무 무정했다.

예인은 벤치에 앉아 이마에 맺힌 땀을 닦고 힙프색에 챙겨 온 에코 워터를 마셨다. 마시다가 자신도 모르게 움찔했다.

대체 무슨 생각을 하는 거야, 정예인.

엄습하는 불안감을 애써 떨쳐냈다. 그 순간, 휴대폰이 진동했다. 회사에서 온 문자였다.

— 리코 2공장 여과팀장 이기수 부고 안내

2공장 여과팀장 이기수 님이 3월 22일 소천하였기에 삼가 알려드립니다.

빈소   S병원 장례식장 2호

발인   2055년 3월 24일 9시 30분

삼가 고인의 명복을 빕니다.

말도 안 돼. 기수와 헤어진 지 열 시간도 지나지 않았다. 예인은 흔들리는 시야를 다잡으려 눈을 부릅 떴다. 다시 문자를 확인했다. 다시 봐도 예인이 아는 그 기수의 소식이 맞았다.

예인은 조승진에게 전화해 기수의 부고 문자가 잘 못 보내진 것이 아닌지 확인했다. 둘이 아는 사이였느 냐는 조승진의 질문을 끝으로 잠시 침묵이 이어졌다. 그 잠깐의 시간이 영겁의 세월처럼 길게 느껴졌다.

"퇴근길에 주차장 건물에서 추락했습니다. 주간 조로 빨리 바꾸라고 그렇게 얘기했는데 듣질 않더 니……."

마지막 말은 그저 조승진 자신을 위한 변명이었 다. 예인은 전화를 끊고 오후 회의 불참을 통보했다. 그러고는 곧장 기수가 있는 S병원 장례식장으로 향했 다. 애주가였던 둘이 함께 독신자 클럽에서 밤새 술을 마셨던 기억과 유치한 드라마를 보면서 눈물 콧물을 쏟던 정 많은 기수의 얼굴이 떠오르자 심장을 관통하 는 고통이 느껴졌다. 사람이 이렇게 갑자기 죽을 수는 없었다.

장례식장은 입구부터 근조 화환으로 복잡했다. 이
태라를 비롯한 리코의 경영진이 보낸 것들이었다. 빈
소가 차려진 지 얼마 되지 않았는지 장례업체 직원들
만 부산스럽게 움직였다. 텅 빈 내부로 들어간 예인은
제단 위에 놓인 기수의 영정 사진을 확인했다. 사진
속 기수는 회사 작업복 차림으로 씩 미소 짓고 있었
다. 예인은 헌화를 하고 친구의 명복을 빌 기분이 나
지 않았다. 이 어처구니없는 죽음에는 설명이 더 필요
했다. 제단 옆에 마련된 간이 소파에 털썩 앉아 그저
기수의 영정 사진을 바라보았다.

시간이 얼마나 지났을까. 그사이에도 기수를 보러
온 조문객은 없었다. 밖에서 시끄러운 소리가 들렸다.
성난 남자의 목소리, 기수의 남편 성근이었다.

"……마나 처먹었어? 얼마나 받았어? 안 돼. 절대
안 돼!"

성근의 목소리에는 끈끈한 물기가 서려 있었다.
이윽고 사내의 처절한 울음소리가 복도에 울려 퍼졌
다. 아이고, 어쩌나. 임산부였다는데? 장례업체 직원
들의 혀 차는 소리가 들렸다. 예인은 힘이 빠져 말을
듣지 않는 다리를 일으켜 복도로 나갔다.

상복을 입은 성근이 식장 입구에 누워 아이처럼 울고 있었다. 그 옆으로 기수를 닮은 늙은 노부부 내외가 누군가의 부축을 받으며 복도를 빠져나갔다. 중년 사내들이 성근을 일으키려고 애쓰다 포기하고 함께 쭈그려 앉았다. 성근의 충혈된 눈에서 흐르는 굵은 눈물을 보자, 예인 역시 참았던 눈물을 흘렸다. 뇌는 슬픔을 통증으로 인지한다고 했던가. 하루아침에 배우자와 아기를 잃은 성근을 보는 일이 너무 아파서 제대로 볼 수 없었다. 예인은 고개를 숙인 채 울음을 참으려 다시금 애썼다. 그런 예인을 알아보고 다가가 덥석 손을 잡은 건 성근이었다.

"실장님, 와주셨구나. 우리 불쌍한 기수 좀 살려주세요!"

"죄송해요……."

"우리 기수요, 추락사 아니에요. CCTV 기록도 있고, 목격자도 있어요. 기수는 구역질하다가 기도가 막혀서 중심을 잃은 거예요. 알죠? 플라스틱 성형 전 반죽 같은, 그런 것들을 쏟아냈어요. 그런데 무슨 추락사예요? 이미 죽어가고 있었던 거예요. 부검해야 해요! 부검도 안 하고 보내는 건 기수 또 죽이는 거예요! 네?"

　성근의 절규에 예인은 어안이 벙벙했다. 동시에 슬픔은 싸악 꼬리를 감추고 이 사람이 무슨 소리를 하는 건지, 그건 과연 타당한지 의심하는 이성이 발동했다. 고개를 든 순간, 예인은 자신과 비슷한 의문을 품은 사람들이 두 사람을 중심으로 부채꼴로 모여 이 상황을 주시하고 있었다는 걸 깨달았다. 몇몇은 예인도 잘 아는 얼굴들이었다. 개중에는 능력 있는 이들도 있었지만, 대개는 자리싸움에나 열을 올리는 한심한 임원들이었다.

　"제가 알아볼게요. 이유가 뭔지."

　당장 성근을 달랠 요량으로 일단 대답하긴 했지만 예인은 자신이 없었다. 기수가 토하다 죽었다고……?

　그것도 플라스틱을!

　그때 예인의 머릿속을 스친 건 후투티였다. 유리창에 머리를 박고 코발트블루 색의 구토를 하고 죽은 새. 기수도 그와 비슷한 죽음을 맞았을 수도 있겠다는 예감이 들었다. 축축한 성근의 손을 놓고 예인은 화장실로 도망쳤다. 손이 왜 이렇게 떨리는지 몰랐다. 현실인 듯 아닌 듯 머릿속이 어지러웠다. 교석에게 전화를 걸었다.

"할아버지, 기수는 나보다 겨우 한 살 아래야. 내 말은 애도 플라스틱 세대란 얘기예요. 그런데 플라스틱을 분해하지 못하고 죽을 수도 있어요? 예를 들면……."

다짜고짜 묻는 손녀의 질문에 교석은 조금도 당황하지 않았다.

"그래. 예를 들면 후투티처럼 말이다. 가능해."

예인은 어떤 말도 더 이을 수 없었다. 전화를 끊은 뒤, 변기에 앉아 생각을 정리하려 애썼지만 허사였다. 인천항 인근에서 목격된 물고기와 새의 떼죽음. 리코를 비롯한 플라스틱 식품 회사에 떠도는 온갖 괴담들이 사실일 수도 있겠다는 불길함이 엄습했다.

상념을 깬 것은 이태라의 전화였다. 전화를 받자 이태라가 화난 목소리로 쏘아붙였다. 네가 거기서 할 일은 없다고, 당장 본사로 들어와 2공장 사건에 대한 대응 전략을 세우라고 지시했다.

그때 밖에서 다시 큰소리가 들렸고, 예인은 이렇다 할 변명조차 하지 않고 그대로 전화를 끊어버렸다. 아까와 달리 장례식장은 그새 사람들로 꽉 들어차 있었다. 게다가 서로 소리를 질러대는 통에 난장판이었다. 형광 조끼를 입은 2공장의 여성 직원들이 들이닥쳐 성근의 편에 섰다. 조승진이 당황한 얼굴로 "부검은 유족이 거부했다"라며 회사가 관여할 수 없는 일이라고 설명했지만 말이 통하지 않았다.

언제 왔는지 서봉재가 성근의 어깨에 팔을 두르며 담배나 한 대 피우러 가자고 했지만 성근은 개수작하지 말라며 거칠게 뿌리쳤다. 모욕당한 서봉재가 젊은 사람이 경우가 없다고 소리쳤고 그에 성근이 달려들자 조승진이 튀어나와 두 사람을 떼어놓았다.

"나도 싫다고! 죽은 내 아내 부검하는 거 나도 싫어. 그런데 이유는 알아야 할 거 아냐! 왜! 왜 막냐고!"

"어허. 가족 전체가 동의해야 한다고요. 우리 탓이 아니라니까!"

조승진이 뻔뻔스러운 얼굴로 대답했다. 성근이 주변에 있던 근조 화환을 발로 차고 마구잡이로 집어 던졌다. 놀란 사람들이 뒤로 물러났다. 예인은 주위를 둘러보며 좀 전에 봤던 노부부를 찾았지만 약속이나 한 듯 아무도 보이지 않았다.

성근의 울부짖음만 가득한 가운데 누군가가 예인

의 어깨를 툭 쳤다. 임원 중 낯이 익은 이 상무였다. 이태라의 친동생.

"여기서 육개장 얻어먹긴 글렀고 샤부샤부 먹으러 갈 건데 같이 가시죠, 실장님."

이태라의 말대로 이 혼돈 속에서 예인이 당장 할 수 있는 일은 없어 보였다. 예인은 공간을 우르르 빠져나가는 중년 사내 무리에 섞였다.

병원 옆 건물 꼭대기 층에 예인까지 일곱 명이 둘러앉았다. 금세 익는 차돌박이를 건져 먹으며 저마다 혀를 끌끌 찼다.

"임신한 아내가 발을 헛디뎌 추락사했으니 미칠 만도 하지만 회사가 미쳤다고 생돈을 주냐고요. 머리 숙이고 잘 보여도 산재 처리를 해줄까 말까인데요."

"산재는 어림없죠. 평소에도 술을 그렇게 마셔댔대요. 여과팀장이 알아주는 주당이었다면서요."

"맞아요. 남성근이 와이프 죽고 나서 사무실 술병부터 치웠단 얘기가 있어요."

예인은 기수의 사무실을 떠올렸다. 기수가 애주가인 건 맞았지만 회사에 술병을 놓아두는 정도는 아니었다. 예인아, 신기하게 임신을 하고 나니까 술 생각이 딱 사라지더라. 너도 술 끊고 싶으면 임신해. 실없는 농담을 던지고 함께 웃던 때가 떠올랐다. 예인은 그들이 떠드는 얘기에 말을 얹고 싶지 않았다. 지저분했다. 이 상무가 접시에 덜어준 국물만 마시고 일어날 참이었다. 억지로 맛대가리 없는 국물을 한입 들이켰다. 기수가 눈앞에 아른거리는 기분이라 더 먹을 수도 없었다. 예인은 맞은편에 앉은 이 상무의 먹성이 징그러웠다. 사람이 죽었는데 어떻게 땀까지 흘려가며 코를 박고 먹을 수 있을까. 메뉴도 분명 이 상무가 정했겠지. 순간 이 상무 등 뒤의 유리 출입문 너머로 상복 입은 사람들의 모습이 보였다. 장례식장을 빠져나갔던 기수의 부모님이었다.

그때 출입문을 열고 이 상무의 비서가 들어왔다. 예인은 고개를 숙이고 음식을 먹는 체했다. 비서가 온 것을 확인한 이 상무가 숟가락을 내려놓으며 말했다.

"저 먼저 일어나겠습니다. 쓸데없는 소문 퍼지지 않게 뒷말은 이 자리에서만 해주세요. 그럼."

이 상무가 다른 사내들의 배웅을 받으며 사라진 뒤 예인도 속으로 다섯을 세고는 화장실에 다녀오겠다며 자리에서 일어섰다. 유족들은 이 상무와 함께 어디론가 간 것 같았다. 식당을 나와 무엇을 해야 할지 갈피를 못 잡고 서 있던 예인에게 누군가가 전화를 걸어왔다.

"실장님. 아니, 예인 씨. 어디예요? 저 좀 도와주세요. 네?"

성근이었다. 바깥에는 벌써 땅거미가 짙게 깔려 있었다. 예인은 주머니 속에 항상 넣고 다니던 에코 캔디를 꺼내 바라보았다. 이게 정말 기수를 죽인 걸까. 답 없는 상대를 향해 다시 한번 성근이 외쳤다. 제발 도와달라고요!

"부검을 하고 싶으신 거죠?"

"네. 플라스틱이 기수를 죽인 거예요. 설마 실장님도 아니라고 생각하세요? 그 사람들 편은 아니죠?"

"전…… 제 친구 편이에요."

예인이 어렵게 대답했다. 그러나 예인도 무엇이 맞는지, 이런 상황에서 자신이 어떻게 행동해야 하는지 알지 못했다. 예인의 대답에 일단 안심한 성근이 다시금 애원하는 목소리로 말했다.

"그럼 부검, 부검은 꼭 해야 한다고 이 상무한테 전달 좀 해주세요."

이 상무가 들어줄 리 없었다. 나머지 가족들의 입장을 들먹이며 무시할 게 뻔했다. 기수가 억울하게 죽었다, 부검이 필요하다, 라는 그의 말이 사실이라면 방법은 하나뿐이었다.

할아버지…….

"훔쳐 올 수 있겠어요? 기수를요…… 새벽 3시에 병원 주차장에서 기다리고 있을게요."

미친 짓이었다. 그러나 그동안 믿고 있던 진실이 거짓이라는 의심이 들기 시작했고, 그래서 확인하지 않으면 안 되었다. 자신이 판매한 플라스틱 식품으로 인해 사람과 동물이 죽는다면 더 이상 리코를 따를 수 없었다. 할아버지 말대로 그 업보를 감당해야 했다. 그러니까 이건 기수의 죽음과는 별개로 예인 스스로에게도 절실한 문제였다.

안전성 검증. 확인 사살.

○

탕탕탕. 어렵게 잠들었던 교석이 느린 걸음으로 현관문으로 향했다. 그 잠깐 사이에도 방문객은 답답하다는 듯 연신 문을 두드렸다.

"열쇠를 그새 잃어버렸니?"

역시 예인이었다. 옆에는 예인보다 더 희어서 꼭 흰 달걀처럼 창백한 남자가 서 있었다. 남자는 부들부들 떨리는 두 팔로 무언가를 안고 있었다. 담요 밖으로 축 늘어진 한쪽 팔과 두 다리가 눈에 띄었다.

"응급 상황이냐?"

교석은 그들이 들어올 수 있도록 옆으로 비켜서며 물었다.

"이쪽은 남성근 씨. 회사 동료예요. 할아버지, 부검이 필요해요."

"뭐?"

방금 자신이 들은 말을 의심하며 교석이 되물었다. 때마침 한계에 다다른 성근이 무너지듯 카펫 위에 쓰러졌다. 담요에 싸여 있던 사람의 얼굴이 드러났다. 핏기 하나 없는 창백한 얼굴과 살짝 벌어진 입, 경직된 사지. 시신이었다.

"제 아내입니다. 아내가 죽은 이유를 알고 싶습니다."

성근이 말했다. 그러고는 조심스럽게 담요로 다시 얼굴을 덮었다. 교석은 예인을 바라봤다. 무슨 짓을 벌이고 있느냐고 따지는 눈이었다.

"어제 새벽에 갑자기 죽었어요. 죽은 자리에 플라스틱으로 보이는 토사물이 가득했대요. 성근 씨 주장은 플라스틱 중독이에요."

"미쳤구나. 부검은 병원에서 해야지."

교석이 눈가를 꾹 누르며 말했다.

"할 수 없었으니까 여기로 왔죠. 부모님이 반대했대요. 회사가 개입한 것 같아요."

회사가 개입했다는 말에 놀란 성근이 예인을 쳐다봤다.

"아무리 그래도 이건 범죄야."

"죄송합니다, 선생님. 나중에 발생할 일은 제가 모두 책임지겠습니다. 한 번만 도와주세요."

성근이 교석의 바짓단을 붙들고 애원했다.

"이 친구, 임산부였어요. 내가 배 속에 있는 아이의 후견인이 되어주기로 약속했었어요. 이제 전부 물거품이 됐지만…… 내가 해줄 수 있는 건 이것뿐이에요. 제발요, 할아버지."

교석은 현관문 근처를 서성이며 두 사람을 번갈아 보았다.

"도구도 없다. 있는 거라곤 투박한 원예용 집기들이랑 부엌칼뿐이야."

말은 그렇게 했지만 교석은 눈앞에 있는 시체의 배를 갈라보고 싶은 욕망을 느꼈다. 후투티의 몸에서 본 것처럼 저 시신의 내장도 진득한 플라스틱 물질로 뒤덮였는지 확인하고 싶었다. 인체 해부에서 손을 뗀 지 30년이 지났으나 교석은 여전히 해부학 분야의 전문가였다. 예인이 그 사실을 잊을 리 없었다.

"내가 도와주면 어때요?"

잠깐의 침묵이 세 사람을 휩쓸고 지나갔다. 교석은 차후에 벌어질 일을 걱정했다. 손녀가 경찰서에 드나드는 꼴은 보고 싶지 않았다.

"안 되겠다."

"왜 안 돼요? 진실을 알고 싶어요. 이대로 묻어두면 나는 다시 아무 일 없었다는 듯 회사로 돌아가서 플라스틱 식품을 팔게 될 거예요. 친구의 죽음을 방관하면서 살던 대로 살겠죠. 많은 죽음을 보면서도 내가 만드는 플라스틱이 세상을 좋은 쪽으로 바꾸고 있다고 믿으면서요. 할아버지가 원하는 게 그거라면…… 좋아요. 그렇게 살게요."

예인의 말에 교석이 흔들렸다.

"네가 위험해질 수도 있어. 지금처럼 살 수 없을지도 모른다."

"상관없어요. 시간이 없어요. CCTV에 다 찍혀서 경찰이든 회사든 금방 쫓아올 거예요."

교석이 주방 쪽으로 걸어가며 말했다.

"시신을, 아니 친구를 창고로 옮기도록 하자."

성근이 훅 울음을 터뜨리며 누워 있는 기수를 품에 안았다. 여보. 미안해. 여보. 당신이 죽은 이유 꼭 밝혀낼게. 교석은 그 모습을 더 볼 수 없어 고개를 돌렸다. 차례로 떠나보낸 아들과 며느리가 떠올라서였다. 제 손으로 직접 부검을 하고 확정한 죽음들. 슬픔의 수렁에 더 깊이 빠지기 전에 독일제 부엌칼들을 챙겼다.

긴 테이블 위에 누운 기수를 내려다보며 예인은 기도했다. 하느님도 뭣도 안 믿지만, 그것 말고는 할 수 있는 게 없었다. 기수의 아랫배가 미세하게 볼록했다. 조심스럽게 손을 대보았다. 죽은 사람을 처음 만져보았다. 무섭도록 차갑고도 딱딱한 감촉이 전해져왔다.

교석은 가장 얇고 날카로운 칼을 집었다. 예인과 눈이 마주쳤다. 교석은 어느덧 국가재난연구소 소장으로 돌아와 있었다. 바둑돌처럼 단단한 눈동자가 조용히 손녀를 위로했다. 칼날이 한 치의 망설임도 없이 기수의 복부를 갈랐다.

피익.

그 순간 무언가가 사방으로 튀었다. 예인은 턱에 묻은 것을 손등으로 닦아냈다.

강한 합성수지 냄새. 이게 뭔가?

교석은 양손으로 갈라진 틈을 더욱 넓게 벌렸다. 숨이 턱 막혔다. 장기를 가득 채운 정체 모를 것들, 주황색과 파란색의 점액질에 손을 뻗었다. 흡사 불에 녹은 플라스틱 같았다. 사람의 몸에서 나올 수 있는 것이 아니었다.

예인은 올라오는 신물을 간신히 누르며 교석을 쳐다봤다. 강렬한 악취가 코를 찔렀다.

"이게 뭐예요?"

교석이 니트릴 장갑을 벗고는 옆에 있던 의자에 무너져내리듯 주저앉으며 중얼거렸다. 그러고는 간신히 한 마디를 내뱉었다.

"전형적인 플라스틱 중독증이야."

예인은 돌처럼 굳은 채 교석의 다음 말을 기다렸다.

"너희는, 모두 죽을 거다."

교석은 예인의 죽음을 머릿속에 그려보며 자신을 저주했다.

30년 전, 다음 세대는 몸에서 플라스틱을 완전히 분해할 수 있는 '플라스틱 세대'라고 발표한 것이 나비효과가 되어 그들을 죽음으로 몰아가고 있었다.

완전 분해? 그런 건 애초에 불가능했다.

조용한 살인

경찰들이 들이닥쳤다. 성근이 현관문 앞에 가구를 쌓아 진입을 시도하는 경찰들을 막으려 했지만 역부족했다. 인근에서 근무 중이던 모든 대원이 출동한 모양이었다. 족히 열 명은 돼 보였다.

"시체 도난 신고가 들어왔습니다. 벽으로 붙으세요! 모두!"

직급이 제일 높아 보이는 경찰이 소리쳤다. 기수의 몸에서 나온 끈끈한 플라스틱 점액질을 닦던 교석은 두 손을 들어 보이고는 그들이 몰아세우는 쪽으로 순순히 걸어갔다. 보조 테이블에 교석이 적출해둔 기수의 장기들이 전위 미술품처럼 기이하게 빛났다. 성근은 외투를 벗어 휜히 드러난 기수의 몸을 덮어주려 했다. 경찰들이 그런 성근을 제지하며 소리쳤다.

"당신들 무슨 짓을 한 거야?"

웩! 경찰 두 명이 실내를 가득 채운 독한 냄새와

기이한 부검 장면에 충격을 받고 구석에서 구역질을 했다. 팀장이라 불리는 나이 많은 경찰이 한심하다는 듯 혀를 찼다.

부검을 위해 내부 전등을 전부 밝히고 그걸로도 모자라 기수 주변으로 스탠드를 세웠는데도 팀장은 손전등을 켜 누운 시신 주변을 살폈다. 푸르고 노란 장기들이 사람의 것으로는 보이지 않았다.

"당신들 무슨 실험을 한 겁니까?"

그의 반응이 무리도 아니었다. 조금 늦게 창고로 들어온 성근도 처음에는 교석이 부검을 위해 다른 화학약품을 썼다고 생각했으니까. 하지만 교석이 사용한 거라고는 알코올이 전부였다.

"실험이 아니라 부검을 한 겁니다."

예인이 침착하게 대답했다. 팀장은 그들을 계속 의심스러운 눈길로 바라보며 부하들에게 체포하라고 손짓했다. 성근은 끝까지 기수에게 외투를 덮어주려 했지만 여의찮았다. 대원들이 적출된 장기들을 어떻게 수습해야 할지 난감한 표정을 짓자 교석이 나서서 마저 정리만 좀 하게 해달라고 부탁했다. 교석을 알아본 한 대원이 고민 끝에 허락했다.

"두 사람은 차로 갑니다."

팀장의 지시에 따라 예인과 성근은 창고를 나와 각각 대기 중인 경찰차 뒷좌석에 탔다. 경찰이 채운 수갑이 예인의 손목에서 헐겁게 덜컹거렸다. 뒤를 돌아 다른 차에 탄 성근을 보려고 했지만 어두워서 잘 보이지 않았다. 이윽고 경찰 세 명이 추가로 차에 올라탔다. 워낙 외진 곳이라 구경꾼은 없었다. 건너편 집 창문에 그림자 하나가 드리워졌다가 빠르게 사라질 뿐이었다.

"우리는 어떻게 되는 거죠?"

예인의 목소리는 심하게 떨리고 있었다. 경찰은 서로 눈빛만 주고받을 뿐 아무 말도 하지 않았다. 이일을 벌이며 어느 정도 각오는 하고 있었다. 지금 예인이 걱정하는 것은 단절될 경력이나 처벌 같은 것이 아니었다. 이제 우리 인류는 어떻게 되는 건가, 하는 거였다. 교석의 말대로 다 죽을 것인가. 그건 아닐 거다. 교석이 틀렸을 거다. 30년 전에나 대단한 사람이었지 지금은 시골에서 마당이나 일구는 사람 아닌가. 하지만 기수의 몸 안이 어땠는지 다 봤잖아. 그녀의 내부는 플라스틱 사출 성형 전에 작은 알갱이들이 녹아 뒤엉킨 모습과 비슷했다.

"우린 어떻게 되는 거냐고요!"

돌아오지 않는 대답에 답답했던 예인이 소리쳤다. 옆에 앉은 경찰이 예인의 어깨를 세게 내리눌렀다.

"흥분하지 마세요. 이러면 좋을 거 하나 없어요. 예?"

경찰은 입속 에코 캔디를 굴리며 말했다. 그러고는 안주머니에서 에코 캔디 틴 케이스를 꺼내 하나를 집어 예인에게도 권했다. 그도 중독자 같았다. 별안간 예인의 눈동자에 이채가 감돌았다.

"뱉어요."

"예?"

"그거 당장 뱉으라고요!"

예인은 수갑 찬 두 손을 뻗어 경찰의 입속에 있는 에코 캔디를 꺼내려고 달려들었다. 경찰이 "이거 왜 이래요!"라고 소리를 지르며 예인을 저지했다. 앞 좌석에 있던 경찰들이 뒤를 돌아 그런 둘을 쳐다봤다. 뱉으라고! 죽는다고요! 예인이 미친 여자처럼 악을 쓰며 날뛰었다.

작은 난전 끝에 경찰이 간신히 쥐고 있던 틴 케이스가 차창 밖 아스팔트 위로 내던져졌다. 예인이 폭발하듯 울음을 터뜨렸다. 두 발로 차 바닥을 쾅쾅 굴렀다.

"거참, 말려봐! 선생님, 왜 이러세요."

경찰 중 하나가 말했다.

예인은 두렵고 무서웠다. 그래서 견딜 수가 없었다. 자신을 강하게 결박한 경찰의 팔에 얼굴을 파묻고 매달렸다. 당신도 죽을 거야⋯⋯. 비로소 예인의 중얼거림을 알아들은 경찰이 힘을 풀었다. 괜찮다고, 아무일도 없을 거라고 예인을 달랬다.

"죽는다고요, 진짜 다 죽는다고."

예인은 현실감을 되찾지 못하고 몸을 떨었다. 아니, 그것은 뒤늦게 찾아온 현실감이었다.

○

반년이 흘렀다. 예인이 회사로부터 온 메일을 열었다. 예상대로 해고 통지서였다. 중대 범죄를 저질렀다는 이유였다. '시체 유기' '사체 훼손'이라는 죄목으로 회사는 그녀를 형사 고소했다. 기수의 부모는 예인에게 거액의 합의금을 요구했다. 그들은 예인과 대면할 용기는 없었는지 변호사를 통해 하루가 다르게 금액을 올렸다. 그들 뒤에 회사가 있을 거라 생각했지만 증거가 없었다. 예인은 일 처리를 위해 지난 몇 년간 리코를 다니며 번 돈으로 장만한 고급 맨션을 팔아야 했다. 변호사가 돈으로 해결할 수 있으면 이긴 거나 다름없다고 다독였지만 하나도 위로가 되지 않았다.

그러나 예인은 그때로 돌아가 다시 선택해야 한대 도 똑같이 기수의 배를 갈랐을 거라고 생각했다. 그 녀가 소중한 만큼 진실을 묻어버리는 것은 용납할 수 없었다. 버리지도 못하고 집 안 여기저기에 방치해뒀 던 피피를 꺼내 쓰레기봉투에 넣었다. 그 사건이 있고 난 뒤 단 한 번도 연락이 닿지 않은 이태라에게 전화 를 걸었다. 역시나 받지 않았다. 기수의 배 속에서 플 라스틱으로 추정되는 점액질이 다량으로 발견됐으며 내장은 섬유화가 진행되고 있었다고, 부검은 사인을 밝히기 위한 어쩔 수 없는 선택이었다고 법정에서 증 언했지만 참작되지 않았다. 최종적인 사망 원인도 추 락으로 인한 복합 골절로 정리됐다.

예인은 언젠가 후투티가 머리를 처박고 쓰러진 유 리창에 이마를 가볍게 찧으며 생각을 떨쳐버리려 했 다. 밖에서 자동차 엔진 소리와 뭔가를 의논하는 남자들의 목소리가 들렸다. 이삿짐센터가 온 모양이었다. 활짝 열어둔 현관문을 노크하며 직원들이 들어왔다.

"저 없어도 되죠?"

"귀중품 다 챙기셨으면 먼저 가셔도 됩니다."

예인은 방금 해고 통지를 확인한 노트북을 챙겨 집을 나섰다. 계단을 내려와 주차장으로 걸어가는데 낯익은 얼굴이 다가왔다. 성근이었다. 술을 마셨는지 얼굴이 불콰했다.

"아직 대낮인데 벌써 취해 있으면 어떡해요? 저처럼 잘리고 싶어요?"

예인이 가볍게 타박하자 그가 웃었다. 슬픈 미소였다.

"제가 너무 면목이 없어요……."

성근은 고개를 떨구고 예인 앞에서 무릎을 꿇었다. 그가 너무 작아 보였다. 어쩌면 실제로 작아졌는지도 몰랐다. 예인은 성근과 똑같이 무릎을 꿇었다. 그의 손을 맞잡고, 눈을 맞추려 그의 얼굴을 살폈다.

"저, 크게 타격 없어요. 공장 직원들 말 들었을 거 아니에요. 저 돈 많아요. 걱정 마세요. 기수 제 친구였어요. 성근 씨 때문에 그런 거 아니니까 제발 술 마시지 말고 피피도 먹지 말아요."

"정말 괜찮으세요?"

"네. 괜찮아요. 이미 다른 회사에서 오퍼도 받았어요. 저 능력 있잖아요."

"저 때문에 박사님도 미친 사람이라는 추문에 휘말리고, 똑똑한 예인 씨도 미쳤다는 소리나 듣고요……."

"가짜 뉴스 그만 봐요. 우리가 진실을 알고 있다는 게 중요한 거죠."

가볍게 능치는 예인의 말에도 성근의 입술은 한일자로 굳어졌다. 인터넷 방송뿐 아니라 공중파에서도 두 사람을 심심찮게 다뤘다. 엘리트 가문의 몰락을 대중은 단물이 빠지지 않는 껌이라도 된다는 듯이 끊임없이 씹어댔다. 한차례 파도가 지나가면서 예전처럼 예인의 집 앞에서 죽치고 기다리는 기자들은 없어졌지만, 그간의 곤욕은 단단한 내면을 가진 예인에게도 견디기 힘든 것이었다.

"정말 죽고 싶었어요. 기수가 그렇게 되고 나서요. 하나만 확인하고 싶어서 왔어요. 그때 박사님이 하신 말씀 있잖아요. 다 죽을 거라는 말, 그거 사실일까요?

이렇게 다 잃었는데도…… 살고 싶네요. 박사님이 그저 실없는 악담을 했다고 믿고 싶어요. 제가 몹쓸 놈이죠."

성근의 솔직한 고백을 예인은 백번 이해하고도 남았다. 여전히 희망을 잃고 싶지 않기 때문이리라. 교석의 예언은 틀렸다고, 피피는 아무 문제 없고 우리는 플라스틱을 정복했다고 말이다.

"저도 그러길 바라요. 그랬으면 합니다."

예인이 해줄 수 있는 말은 그게 다였다. 성근의 두 어깨를 잡은 예인이 그를 일으켜 세웠다. 수척해진 그는 예인이 이끄는 대로 따랐다.

"어디로 가시는 거예요?"

"곧 연락드릴게요."

예인에게 갈 데라고는 한 곳뿐이었다. 교석의 집. 성근에게 말해봤자 자책감만 키울 것 같아 알리지 않았다. 더 큰 곤욕을 치른 쪽은 예인보다 교석이었다. 실제로 부검을 집도한 사람이었고 과거의 유명세가 그를 더 세게 옥죄었다. 그래서 교석은 예인에게 돌아오지 말고 새집을 얻어 자신과 거리를 두라고 했지만 예인은 그럴 수 없었다. 예인만 아니었다면 교석은 조용히 여생을 보낼 수 있었을 테니까. 이제는 예인이 그를 지켜야 했다.

　교석은 집에 없었다. 웬만한 가구는 다 팔았고 센터 차량에는 침대와 데스크톱, 티브이와 의자 몇 개, 청소기 같은 자잘한 세간이 전부였다. 분명히 오늘 집으로 짐을 옮기겠다고 했는데……. 예인은 교석에게 전화를 걸었지만 연결되지 않았다. 그래도 집 안이 싹 정리되어 있어 짐 넣는 데 무리는 없었다. 이사는 한 시간도 안 되어 끝났다. 다시 휴대폰을 보았다.

　어디예요? 예인이 보낸 메시지는 읽히지도 않은 상태였다. 딱 두 시간만 더 기다리기로 했다. 뒤뜰을 지나 창고로 향했다. 기수를 부검했던 테이블은 원래 용도에 맞춰 다시 교석의 물건들로 채워져 있었다. 연필꽂이를 치우니 검붉은 얼룩이 보였다. 그날의 일들이 떠올랐다. 예인은 고개를 흔들며 잡념을 떨치려 했다.

　타닥.

　바깥에서 누군가 나뭇가지를 밟는 소리가 들렸다. 먼지 낀 창문으로 내다보니 낯선 남자가 있었다. 남자는 예인이 활짝 열어둔 현관문을 통해 집 안으로 들어가려는 것 같았다. 발걸음은 아무런 거리낌이 없어 보였는데 고개는 끊임없이 좌우로 돌아갔다. 예인은 숨을 죽였다. 구석에 있던 묵직한 상패를 손에 쥐었다. 무게 때문인지 양어깨에 힘이 잔뜩 들어갔다. 몸을 최대한 낮추고 창고를 빠져나와 남자를 따라갔다. 남자는 거실을 지나 예인의 방에 잠시 머물렀다가 화장실을 지나쳐 가장 안쪽에 있는 교석의 방으로 들어갔다. 열린 문틈으로 힐끗 보니 서랍장을 뒤지며 뭔가를 찾고 있었다.

"누구세요?"

예인의 목소리에 남자는 소스라치게 놀라 목뼈가 꺾일 정도로 급하게 뒤를 돌아봤다. 둘러댈 말이 생각나지 않는지 더듬거렸다. 침입자다! 예인은 남자의 머리통을 향해 상패를 던졌다. 남자가 재빨리 피했으나 상패는 오른쪽 광대와 귓불을 찢고 둔탁한 소리를 내며 바닥에 떨어졌다. 남자가 아얏, 비명을 지르며 오른쪽 얼굴을 감싸쥐었다. 예인은 그 틈에 어릴 때부터 배워온 태권도 솜씨를 발휘해 남자의 명치에 오른발을 정확히 꽂아 넣었다.

윽. 남자가 뒤로 쓰러지자 바닥에 떨어진 상패를

다시 집어 들곤 남자의 몸 위에 올라탔다. 남자가 한 껏 치켜든 예인의 손을 보고 기함했다.

"아니에요. 저, 박사님 친구예요. 이상한 사람 아니라고요!"

"할아버지는 친구가 없어."

"세상에 친구 없는 사람이 어딨어요? 지금 우리 집에 계세요. 다바나 고사리 씨앗을 가져오라셔서 그거 찾고 있었어요."

정말 남자의 손에는 종이봉투가 들려 있었다. 예인은 긴장을 늦추지 않고 다시 물었다.

"당신 집이 어딘데?"

"길 건너편 파란 지붕이요."

"거기가 사람 사는 데였어⋯⋯요?"

다 쓰러져가는 그 집을 본 적이 있긴 했다. 작은 창문에 가끔 불이 켜져 있었는데도 예인은 그 집을 폐가라고 생각했다. 그곳은 세월의 풍파를 그대로 겪어 곳곳에 금이 가 있었고, 벽면은 금방 무너져내릴 듯 골조가 드러나 있었다. 예인이 잠깐 생각에 빠진 사이, 남자가 예인의 손에 들려 있던 것을 낚아챘다.

"겉보기에만 그렇지, 내부는 좋아요!"

남자가 씩씩거리며 대답했다. 뒤늦게 남자의 얼굴을 제대로 바라봤다. 햇볕에 그을린 까무잡잡한 피부, 처진 눈꼬리가 도둑처럼 보이진 않았다. 하지만 외모로 사람을 판단할 수는 없었다. 예인은 경계를 아주 풀진 않고 휴대폰을 꺼내 교석에게 전화를 걸었다. 진동소리는 가까운 곳에서 들렸다. 옷장을 열어보니 교석이 자주 입는 외투에서 휴대폰이 부르르 떨고 있었다.

"이상한 사람들한테 전화가 좀 많이 와야죠. 번호 새로 받으러 내일 같이 시내 나가기로 했어요."

교석의 처지를 잘 안다는 듯 남자가 말했다.

"나가세요. 진짜면 돌아가서 제가 왔다고 전해주세요. 할아버지가 올 때까진 그쪽 안 믿어요."

"좋습니다. 다시 돌아왔을 때 사과할 준비나 하세요."

남자가 손에 든 상패를 책상에 내려놓으며 예인을 원망하듯 쳐다봤다.

두 시간 뒤, 그들은 같은 식탁에 마주 앉았다. 손녀의 이사 날을 이튿날로 착각한 교석은 적잖이 미안해했다. 한 달에 한 번씩 어둡게 염색을 했던 교석은 시기를 놓쳐 백발이 성성한 모습이었다. 더 깊어진 눈가

주름과 어두워진 안색에 예인의 마음이 무거워졌다.

얼굴 오른쪽에 커다란 반창고를 붙이고 온 남자의 이름은 박충희였다. 그의 말대로 그는 교석과 꽤 친해 보였다. 교석은 늙은 내가 집을 혼자 어떻게 돌보냐고, 가끔 불러다가 약주도 함께 마시고 고전 영화도 보는 사이라고 말했다.

"뭐 하는 분이세요?"

충희는 예인보다 열 살은 많아 보였다. 한창 사회생활을 해야 할 시기에 촌구석에서 뭘 하고 있는 건지 의아했다.

"직업이 자주 바뀌어서…… 최근에는 인테리어 도배를 했고요. 식당에서 요리도 하고, 학원 차도 몰고, 할 수 있는 건 다 했어요. 이것저것 하다가 잘 안돼서 여기 눌러살게 됐어요."

"지금도 며칠씩 밖으로 일하러 간단다. 네 방 도배도 이 사람이 새로 해준 거야."

교석이 충희를 너그러운 눈으로 바라보며 덧붙였다. 안 그래도 예인은 방에 들어서자마자 빈티지풍의 잔꽃 무늬가 새겨진 벽지에 놀라 내일 당장 뜯어내야겠다고 생각하던 참이었다.

"박사님 손녀 사랑이 대단하시잖아요. 광고 쪽 일 하신다고 들으니 눈도 높을 것 같고, 그래서 프랑스에서 직수입해 온 거예요."

"네. 마음에 들어요."

예인은 마음에 하나도 안 든다는 얼굴로 대답했다. 예인의 퉁명스러운 태도에 충희는 기분이 상해 괜히 얻어맞은 오른쪽 광대 언저리를 어루만지며 인상을 찡그렸다.

"죄송합니다. 병원 가서서 치료받으시고 청구서 주시면 두 배로 보상하겠습니다."

"치료비는 됐어요. 돈도 없으실 텐데……."

충희의 말에 예인이 고개를 홱 틀어 노려봤다. 충희는 교석이 모처럼 삶아서 내어준 한우 수육이고 뭐고 빨리 집에 가고 싶어졌다. 충희가 의자에서 일어서며 말했다.

"박사님, 저 내일 새벽에 일 나가야 해서요. 먼저 일어나겠습니다."

예인이 멀어지는 충희의 등 뒤에 대고 소리쳤다.

"꼭 청구서 보내세요, 그 정도 돈은 있어요!"

교석이 끌끌 혀를 차며 예인을 한심하게 바라봤

다. 썰렁한 저녁이었다.

새로 도배한 방 안에서 예인은 리코에 관한 새로운 정보를 검색했다. 2공장에서 시작된 물고기 집단 폐사가 이제는 모든 바다에서 동시다발적으로 일어나고 있었다. 동해, 남해, 서해 가릴 것 없이 플라스틱 공장이 없는 곳에서도 일어났으므로 오히려 회사는 홀가분해졌다. 그러나 다량의 플라스틱 조각은 죽은 물고기의 몸에서 계속 발견되었다. 식품을 비롯한 플라스틱 가공품을 만들어내는 기업의 문제라고 주장하는 사람들이 있었지만 플라스틱을 완전히 몰아내자고 하진 못했다. 그들의 주장에 어느 정도 공감하는 사람들도 에코 캔디는 계속 먹었다. 적어도 사람한텐 괜찮으니까 된 거 아닌가? 이런 생각들을 하는 것 같았다.

기수의 죽음에는 어찌 이리 조용할까. 2공장의 직원들이 합세한 노조가 파업을 시도했으나 회사는 꿈쩍도 하지 않았다. 아예 내부 시스템 오류라는 명목으로 2공장 가동을 중지하고, 두 달 동안 폐쇄시켜버렸다. 셔터를 내린 공장 입구에는 성근과 동료들이 내건 현수막만 을씨년스럽게 걸려 있었다.

현수막이 걸린 지 두어 시간도 안 되어 갈기갈기 찢겨나가는 일이 허다해 성근과 동료들은 당번을 정해 인근에서 보초를 섰다. 그럼에도 회사에서 고용한 용역 업체 직원들의 힘과 머릿수에 밀려 현수막은 어김없이 찢겼다. 예인은 이 모든 상황을 멀리서 지켜보았고 넘치던 애사심은 순식간에 모멸감과 수치심으로 바뀌었다. 그렇게 언제 사직서를 낼지 고민하던 차에 먼저 해고당한 것이었다.

최신 뉴스난에서 리코의 이태라가 지구환경포럼에 발제자로 참석한다는 기사가 보였다. 장소는 여의도의 C호텔이었다. 예인은 이태라를 단순한 회사 상사 이상의, 삶의 가치를 공유하는 동지로 생각했는데 혼자만의 착각이었다. 예인은 쥐고 있던 볼펜 끝을 씹으며 생각에 잠겼다. 침대에 누워 천장을 바라봤다. 잔꽃 무늬가 어지럽게 느껴졌다.

오전 5시. 교석은 매일 정확히 이 시간에 일어났다. 화장실에 가 시원찮게 나오는 오줌 줄기를 확인하고 샤워를 하려던 참이었다.

쨍그랑. 문밖에서 유리가 산산조각 나는 소리가

들렸다. 새벽녘에 들리는 불길한 소리에 깜짝 놀란 교석이 일부러 큰 소리로 말했다.

"다쳤니?"

교석은 소리가 난 주방으로 갔다. 아직 실내가 어둑해서 불을 켰다. 예인은 없었다. 대신 깨진 접시 조각이 날카로운 이를 드러내고 있었고, 주변으로 빨간 핏물이 점점이 떨어져 있었다. 핏자국은 예인의 방으로 이어졌다. 예인이 유리 조각에 찔린 채로 방으로 들어간 것 같았다. 순간 좋지 않은 예감이 든 교석은 노크도 없이 예인의 방문을 벌컥 열어젖혔다. 예인의 두 손에 들린 것은 스티로폼이었다. 교석이 주말에 예인과 충희와 함께 바비큐 파티를 하려고 주문한 고기가 담겼던 포장 상자의 일부였다. 침대에 걸터앉아 스티로폼을 뜯어 먹던 예인이 눈을 동그랗게 뜨고 열린 문 쪽을 바라봤다. 이 시간에 무슨 볼일이냐고 묻는 표정이었다. 발바닥에서 흐르는 피가 하얀 침대보와 마룻바닥을 적셨다. 교석은 30년 전 아들을 보냈을 때의 상황이 재현되는 듯한 느낌에 치가 떨렸다.

"당장 그거 내려놓지 못해?"

교석의 호통에 예인이 깜짝 놀라 스티로폼 조각을

떨어뜨렸다.

"할아버지……."

"지금 네가 뭘 먹고 있는지 봐라."

노기 띤 교석의 말에 예인은 자신의 입속에 남아 있던 스티로폼 알갱이를 손바닥 위에 뱉었다. 잠결에 목이 말라 주방에 가서 컵에 물을 따랐다. 그리고 그 다음은…… 머리가 암흑 속에서 길을 잃은 듯 멍했다. 뒤늦게 발바닥을 찌르는 고통이 몰려와 아앗, 하는 신음과 함께 눈물이 흘렀다.

"가만있어. 움직이지 말고."

교석이 부리나케 나가 구급함을 들고 왔다. 그가 발바닥에 박힌 유리 조각을 빼내는 동안 예인은 얼빠진 얼굴로 자신이 무슨 짓을 한 건지 기억하려 애썼다.

"금단증상이야. 놀랄 것 없다. 네가 피피를 끊고 너무 조용해서 오히려 걱정했는데…… 괜찮다."

"으. 지금 이게 괜찮은 거예요?"

예인은 교석이 집게로 빼낸 유리 조각을 보며 콧 잔등을 잔뜩 찡그렸다.

"아빠랑 엄마처럼 플라스틱을 먹다가 나도……."

"네가 네 친구처럼 죽는 일은 절대 없어."

소독약을 발라주려는 교석의 손을 치우며 예인은 제 발바닥의 상처를 확인했다. 찢어진 부위에서 피가 비어져 나왔다. 예인은 일부러 교석의 눈을 피하며 물었다.

"어떻게 그렇게 장담해요?"

"뭐?"

"저번엔 사람들이 다 죽을 거라고 했잖아요. 그런데 나는 죽지 않을 거라고 어떻게 장담할 수가 있어요? 내가 슈퍼 유전자라도 가졌나?"

예인은 교석이 뭔가를 안다고 생각했다. 뭔가를 알지만 숨기고 있는 것 같았다. 교석은 고지식하고 의중을 잘 내보이지 않으며 하나에 꽂히면 거기에만 몰두하는 전형적인 학자 타입이었다. 교류하는 친구도 거의 없고, 오랜 시간 교직에 머물렀지만 찾아오는 제자 하나 없었다. 이렇게 캐묻는다고 말할 교석이 아니었다. 역시나 교석은 아무 말 없이 일회용 밴드를 건네고 바닥을 닦았다.

"할아버지?"

"당분간 이런 일이 자주 있을 거다. 넌 의지가 강하니까 넘길 수 있어. 내가 지켜볼 거고."

"그럼 아빠는 의지가 약했어요?"

예인의 송곳 같은 질문에 교석의 가슴 한구석이 찔린 듯 욱신거렸다. 연구실에 틀어박혀서 들어오는 시체를 분류하는 동안, 아들은 이미 돌이킬 수 없는 단계에 이르렀다. 며느리가 예인을 낳은 지 이틀 뒤 아들은 주검으로 발견되었다. 핏덩이 같은 아기를 제대로 안아보지도 못한 채 플라스틱 중독으로 인해 쇼크사했다. 기수와 같은 사인이었다. 1년 뒤에는 며느리가 아들의 뒤를 따랐다. 예인은 기억하지 못했지만 교석은 예인을 잃지 않기 위해 주기적으로 혈액검사를 비롯한 각종 검사를 했다. 유난도 그런 유난이 없었다. 어린아이의 치아라고 할 수 없는, 쇠보다 더 단단한 예인의 유치도 고스란히 서재에 간직하고 있었다.

교석은 예인의 책망을 뒤로하고 방에서 나왔다. 그리고 집 안에 있는, 몇 안 되는 플라스틱으로 된 물건들마저 싹 정리했다. 플라스틱이란 물질을 징그럽게 싫어하는 터라 최대한 다른 소재로 만들어진 물건들로 집 안을 채웠지만 아예 안 쓴다는 건 불가능한 미션이었다. 당장 정원만 해도 매일 쓰는 갈퀴나 꽃삽 등 플라스틱으로 만들어진 원예 용품으로 가득했다.

교석은 안락의자에 앉아 손녀의 방을 주시했다.

커억. 컥.

예인이 토하는 소리에 교석이 쫓아와 등을 두드렸다. 목에서 잘게 조각난 명함 케이스 파편이 튀어나왔다. 변기 안은 예인의 목구멍에서 나온 선혈로 붉게 물들었다. 교석의 부축을 받아 소파에 널브러진 예인은 매일 아침저녁으로 습관처럼 먹던 피피를 자기도 모르게 그리워하고 있었음을 깨달았다.

"이제 진짜, 진짜로 먹지 않을게요. 먹으면 죽게 된다는 걸 확실히 알았으니까."

또다시 금단증상으로 명함이나 볼펜, 화장품 용기 같은 것을 먹다가 목구멍이 완전히 찢길까 겁나기도 했다. 예인의 결심에 교석이 전달할 기회만 노리고 있던 말을 쏟아냈다.

"네가 말한 바이오 플라스틱의 실상이 이거다. 에코 캔디와 에코 워터, 리코에서 생산하는 열일곱 가지 제품의 성분 분석을 민간 연구소에 의뢰해봤다. 모두 플라스틱 중합체였다. 신소재는 맞더구나. 처음 보는 합성 물질이었다. PAL. 안전성 검사가 제대로 이루어진 건지 의문이 들더구나. 역시나 그건 독성 물질이었어. 실험 결과, 그게 투여된 쥐들이 몇 분 만에 죽었다."

교석은 얼마 전 일본 민간 연구소에서 받은 데이터를 예인에게 건넸다. 기수를 부검한 후 심증이 굳어져 국내 연구소에 리코의 전 제품 성분 분석을 요청했지만 전부 거절당했다. 하나같이 리코가 두려워 몸을 사렸다. 이후 어렵게 연이 닿은 일본 연구소로부터 결과지를 받은 교석은 아연실색하지 않을 수 없었다. PAL이라는 신소재 플라스틱 중합체는 최근 일본 내에서 유독성이 확인되어 사용이 금지된 물질이었다. 교석은 분석이 잘못된 게 아닌가 싶어 재의뢰했지만 결과는 동일했다.

"리코가 사람을 죽이려고 작정했다. 난 이렇게밖에 해석할 수 없다. 네가 말한 그 똑똑한 연구진들이 PAL을 실수로 넣었을 리는 없어."

"말도 안 돼."

예인은 뉴스 인터뷰에 나가 에코 워터의 장점을 늘어놓았던 일이 떠올랐다. 에코 워터가 한 개씩 소비될 때마다 플라스틱 폐기물이 100그램씩 줄어든다고 말했었다. 에코 워터는 지구상에 넘쳐나는 플라스틱을 해치우는 존재였으니까. 그러나 실제로 우리는 플라스틱을 먹기 시작한 후부터 얼마나 더 많은 양의 플라스틱을 생산해왔는가. 두 배? 열 배? 아니 천 배? 게다가 그게 다 유독한 플라스틱이었다니.

막 뉴욕 생활을 마치고 한국에 들어왔을 때 헤드 헌터를 통해 리코와 인터뷰 할 기회가 주어졌다. 당시에도 유명했던 이태라가 실제 면접관으로 앉아 있었다. 이태라는 처음부터 예인을 마음에 들어 했다.

예인과 함께 합격한 다른 인턴 둘과 공장 견학을 갔을 때였다. 당시 예인이 플라스틱을 병적으로 멀리하는 교석의 영향, 그리고 돌아가신 부모님에 대한 상처로 플라스틱을 꺼려했던 건 사실이었다.

"리코에서 생산하는 모든 바이오 플라스틱은 자연 분해가 돼. 몇백 년이 지나도 변하지 않는 중합체 사슬로 만들어진 플라스틱의 기본 특성과 반대되는 특성이지. 단단하게 이어진 사슬들은 몸속에서 몇 시간 만에 소화되어 배출될 거야. 플라스틱 세대를 위한 식품 혁명의 서막이 열렸다고 할 수 있지."

이태라의 브리핑을 들으며 예인은 단박에 플라스틱이 좋아졌다. 사람을 죽인 것으로 다시 사람을 살찌

울 수 있다니, 이보다 더 확실한 혁명은 없었다. 동시에 이태라에게 매료된 것도 맞았다. 예인은 할아버지 밑에서 충분히 사랑받고 자유롭게 응석 부리며 컸음에도 줄곧 외로웠다. 그녀의 카리스마와 포용적인 리더십 아래에서 일을 배우고 싶기도 했다. 예인은 마음 한편에 늘 이태라에 애정을 품고 있었는데 뒤따를 만한 인생 선배에 대한 동경이었다. 그런 사람이 이런 사실을 알고도 그랬을 리가 없었다.

예인은 혼란스러운 심정으로 종이를 넘기며 말했다.

"TDI(인체 노출 안전 기준)를 넘지는 않았어요. 이 정도는 생활 속에서 용인 가능한 수준이에요."

"네 몸이 수십 가지로 변형되는 플라스틱을 모두 분해할 수 있다는 착각에 빠져 있나 본데, 플라스틱 세대는 허상이야."

"방금 그 말은 할아버지가 30년 전에 했던 발표를 완전히 뒤집는 발언이에요."

교석은 예인의 지적에 침묵했다. '플라스틱 세대'라고 명명한 후, 그 세대가 플라스틱을 식용으로까지 남용할 줄은 몰랐다.

"뭔가가 더 있죠?"

예인이 날카롭게 물었다.

"너희 세대는 아직 완전하지 않아. 진화론에 입각해서 후세대는 플라스틱을 훨씬 더 쉽게 분해하게 되겠지. 몇 대를 지나, 최소한 스무 대를 지나서 말이다. 하지만 너희 세대는 아직 반쪽짜리 변종에 가까워."

"반쪽짜리 변종…… 미완의 플라스틱 세대란 뜻이네. 하지만 그거 알아요? 나는 이제 할아버지를 믿지 않아요. 할아버지는 사람들이 떠드는 대로 미친 박사야. 아니면 사적 이익을 위해 거짓 발표를 한 사기꾼이거나."

○

C호텔 22층에서 열린 지구환경포럼은 국회 환경노동위원회 소속 위원들과 각 기업의 총수들이 모이는 자리였다. 1200석 규모의 연회장 안에는 양복 차림의 비즈니스맨들이 벌써 자리를 잡고 앉아 있었다. 모 환경 단체에서 아침부터 피켓을 들고 기습 시위를 벌이는 바람에 통제가 한층 더 삼엄했다. 포럼 시작 시간보다 한 시간 일찍 도착한 예인은 초대장을 보여

달라는 직원의 요구에 핸드백을 뒤졌다.

"제가 실수로 두고 왔나 봐요."

"소속이 어디시죠?"

"리코플라스틱이요."

직원은 태블릿 PC에서 명단을 확인하더니 기계적인 미소를 지으며 말했다.

"오늘 참석하시는 리코플라스틱 회원은 총 열다섯 분이고, 이미 다 입장하셨습니다."

"뭔가 착오가 있을 거예요."

예인이 목을 빼 태블릿 PC 화면을 슬쩍 보려고 하자 직원이 얼른 대기화면으로 바꾸고 뒤에 오는 사람을 맞았다. 입구에는 총 다섯 명의 직원이 서로 무전을 주고받으며 출입을 관리하고 있었다. 잽싸게 달린다고 해도 금방 붙잡힐 게 뻔했다. 잘못하다 공연히 이목만 끌 수 있었다. 예인은 휴대폰에서 김경한이라는 이름을 찾아 전화를 걸었다. 기획실장으로 있을 당시의 직속 후배였다. 예인만큼 워커홀릭에 뛰어난 업무 수완을 자랑하는 김경한은 금방 전화를 받았다. 네, 실장님. 평소와 똑같은 목소리였다.

"오늘 포럼에 참석한 기획실 인원이 있나요?"

"왜 그러시죠?"

김경한이 경계하며 물었다. 자신을 잡상인 대하듯 꺼려하는 기색이 역력했다. 예인은 그의 그런 태도를 전혀 신경 쓰지 않는다는 듯 몰아붙였다.

"누가 있죠?"

"이 상무님이 참석하셨습니다."

그 말에 예인은 흐음, 한숨을 내쉬었다. 들어갈 방법이 떠오르지 않았다.

"왜 그러시는데요?"

"됐어요. 일 보세요."

"저기…… 실장님. 뉴스에 나오는 내용들 전부 사실입니까?"

전화를 끊기 전 김경한이 물었다. 그러나 예인조차 뭐가 사실이고 뭐가 사실이 아닌지를 제대로 알 수 없었다.

"경한 씨, 애가 둘이죠? 고아 만들고 싶지 않으면 당장 피피 끊어요. 진실이 뭔지 모를 땐 무조건 보수적으로 행동해야 하는 겁니다."

그게 예인이 해줄 수 있는 최선의 말이었다. 예인은 7센티미터 높이의 구두를 벗었다. 이렇게 되면 언

론에 보란 듯이 또 하나의 가십거리를 던져주는 꼴이
었지만 선택의 여지가 없었다. 예인은 초대 손님들을
안내하느라 정신없는 경호원들의 동태를 주시했다.
마침 중요 인사가 도착했는지 그들이 무전기로 분주
하게 대화를 주고받았다. 뒤를 돌아보니 국회의원 배
지를 단 나이 지긋한 남자가 다가오고 있었다.

지금이야! 예인이 뛰려고 폼을 잡았다. 그때 인파
속에서 "정예인 씨" 하고 자신을 부르는 목소리가 들
렸다. 목소리의 주인은 연회장 안에서 막 나온 이 상
무였다. 그는 예인이 올 것을 알고 있었다는 듯이 다
가왔다.

"안으로 들어오시죠. 대표님이 기다리고 계세요."

예인은 가방 속에 던져 넣었던 구두를 꺼내 신었
다. 아까 예인을 막았던 직원이 두 사람에게 친절한
미소를 보냈다.

대기실에서 발표 자료를 훑어보고 있던 이태라는
예인을 보고 가볍게 한 손을 흔들었다. 오래 알고 지
낸 소꿉친구를 만난 듯 반가운 미소였다. 진한 와인색
정장을 차려입은 이태라는 오랜만에 봤어도 예의 그
중성적인 매력을 여전히 풍기고 있었다. 양쪽 귓바퀴

부터 귓불까지 뚫린 모든 자리마다 금 귀걸이를 했고, 투 블록 스타일로 정리한 머리에서는 샤프함이 느껴졌다. 깊게 팬 눈매와 발달한 광대와 아래턱이 누구에게나 강렬한 인상을 줬다. 기업가보다는 노련하고 연륜 있는 모델처럼 보였다. 그녀 옆에 서 있으면 누구라도 초라한 기분이 들었다. 지금 이태라 앞에 선 예인도 마찬가지였다. 예인은 마치 조문객처럼 검은 정장을 입고 온 것을 후회했다. 이태라는 그런 것에 꽤 신경 쓰는 타입이었고, 예인이 회사에서 잘린 후 한물 갔다고 생각하고 있는지도 몰랐다.

지금 중요한 건 그런 게 아냐. 예인은 마음을 다잡고 맞은편 4인용 소파에 앉았다. 서류 가방에서 어젯밤 복사해둔 결과지 사본을 꺼냈다.

"이쪽으로 오셔서 확인해보시는 게 신상에 이로울 겁니다."

반쯤 협박 같은 예인의 말에 이태라는 겁난다는 듯 과장되게 양손을 맞잡으며 마주 앉았다.

"얼굴이 안 좋아 보이네. 자긴 시골 생활이랑 안 맞는다니까."

예인은 대꾸하지 않았다. 이태라는 예인이 가져온

자료를 대충 훑어보더니 금방 내려놨다. 그러고는 주머니에서 피피 케이스를 꺼내 보라색 피피 하나를 입에 넣었다. 담배를 권하듯 예인에게도 내밀었지만 예인은 거부했다.

"그래서 이게 뭐 대단한 거야?"

예인은 형광펜으로 표시해둔 부분을 가리켰다. PAL. 교석이 지적한 부분이었다.

"시장에 알려진다면 타격이 클 거예요. 어째서 이런 일을 벌인 거죠? 언제까지 세상을 속일 수 있다고 생각한 겁니까?"

"애사심 하나는 인정해줘야 해. 뭐 이런 걸 다 준비해 왔어? 호들갑 떨 거 없어. 공장 직원 하나 죽은 것뿐이야."

"PAL이 독성 물질이라는 거 알고 계셨습니까?"

이태라는 예인이 이제껏 한 번도 본 적이 없는 환한 미소를 지었다. 맥락 없이 그녀의 미소를 보았다면 아주 기쁜 일이 생긴 아이처럼 행복해 보였을 것이다. 그러나 지금 이태라의 미소는 악 그 자체로 보였다. 예인은 마른침을 삼키며 참기 힘들다는 듯 어깨를 떨었다. 입이 얼어붙어 말이 잘 나오지 않았다.

"미…… 미쳤습니까?"

흥분한 예인이 결국 소리쳤다. 그런 예인의 반응이 재밌다는 듯 이태라는 소리 내어 웃었다.

"예인아, 회사에 뭘 기대하는 거니? 우리는 이익을 위해 사람들을 중독시키는 데에만 집중하면 돼."

"지난 연말에 직원들에게 뭐라고 했죠? 환경 보호는 인간의 사명이고 책임이다, 우리가 세상을 구할 거다, 라고 했습니다. 기억하시나요?"

"물론이야. 지금도 그 말은 유효해."

"아뇨. 조용한 살인을 계획하고 계신 것 같은데요."

예인이 말했다. 이태라는 화장대 앞에 놓인 에코 워터를 따서 예인이 보란 듯이 마셨다. 그녀는 플라스틱 세대가 아니다. 바로 윗세대, 멸종의 세대라 불리는 2000년대생이었다. 플라스틱을 분해하지 못하고 치명적인 중독으로 동년배 대부분이 죽었던 세대. 이태라는 그때 운 좋게 살아남은 사람 중 하나였다. 꼴깍꼴깍 이태라의 목젖을 통해 넘어가는 에코 워터는 그녀에게 죽음의 물이나 다름없을 것이었다. 저 사람은 그때 살아남았다는 객기로 저러는 것일까.

이태라가 에코 워터를 예인에게 내밀었을 때 예인은 기다렸다는 듯 참지 못하고 단숨에 들이마셨다. 오랫동안 가물었던 땅이 시원한 비를 만난 듯 몸이 푹 젖는 느낌이 전신을 훑었다. 강한 단맛이 느껴지자 후회가 밀려왔다. 이태라가 대견하다는 듯 예인을 바라봤다. 그 순간, 예인의 가슴이 욱신거렸다. 횡격막이 거칠게 요동치더니 상체가 비틀리며 방금 먹은 것이 바닥에 쏟아졌다. 빌어먹을, 연둣빛 토사물에서 코를 찌르는 합성수지 냄새가 났다.

"어이구, 저런. 너 플라스틱을 끊었었구나?"

이태라는 뾰족한 예인의 턱을 잡고 손수건을 꺼내 입가에 묻은 토사물을 닦아줬다. 강한 아귀힘이 예인의 턱을 압박했다. 벌어진 입속을 눈으로 살피던 이태라가 손을 떼며 일어섰다.

"다쳤네. 플라스틱 끊기가 쉽지 않을 거야. 끊으려면 죽음까지 불사해야 할걸. 예인아, 나도 플라스틱 팬데믹 때 가족을 몇 명 잃은 건 알고 있지? 플라스틱 사업으로 돈을 번 집안에서 그걸로 목숨을 잃는 일이 생기다니 참 아이러니해. 그런데 나는 그게 당연한 결과라고 생각해. 플라스틱 세대들도 마찬가지고. 내 말

무슨 뜻인지 알겠니? 니네는 과정일 뿐이야. 과정이
다 끝나야 다시 시작을 할 수 있어."

"과정이 끝난다는 게 죽는다는 뜻이에요?"

"어. 곧 발현기가 올 거야."

"발현기요……?"

잔인한 미소가 이태라의 얼굴에 번졌다.

"애송이야. 내가 이렇게 쉽게 말해준다는 건 때가
임박했다는 뜻이야."

"때가 임박했다고?"

마치 신의 계시를 받은 사람처럼 이태라는 평온해
보였다. 종말을 기다리는 것인가. 이태라는 혼란스러
워하는 예인을 지나쳐 거울 앞에서 자신의 모습을 마
지막으로 점검했다.

"엊그제 이마 보톡스 맞았는데, 자리 잘 잡은 거
같아?"

예인은 거울 속 이태라의 모습을 바라보며 그녀의
심연을 들여다보는 듯 섬찟했다. 휴대폰으로 몰래 녹
음한 음성을 집에 와서 듣고 또 들었다. 뭐가 뭔지 더
헷갈렸다.

○

리코가 돌연 모든 공장 가동을 무기한 중지한다고 발표했다. 여과팀장 이기수의 죽음에서 촉발된 공장 노동자 파업이 몇 개월째 지속되던 날이었다. 중국과 베트남에서도 공장을 돌리던 리코의 결정은 수천 명의 직원들에게 큰 충격을 안겼다. 기자회견에서 이태라는 자사 식품에서 인체에 영향을 미칠 수 있는 치명적인 성분을 발견해 조치를 취한 거라고 말했다. 사실상 예인이 제기했던 문제를 인정한 셈이었다.

거실 소파에 앉아 기자회견을 보던 교석은 무언가 이상함을 감지했다. 이윤만 추구하던 회사가 갑자기 양심선언을 한단 말인가. 함께 맥주를 나눠 마시던 충희 역시 고개를 갸웃거렸다.

"좀 심한데요. 이태라 쟤 원래 저래요? 원래 저 정도로 미친 사람이에요?"

"사이코예요."

예인이 티브이 소리를 듣고 방에서 나오며 대답했다. 기자들의 질문에 이태라는 실룩, 경련과도 같은 미소를 보였다. 포커페이스를 유지하려고 노력 중이지만 잘 안된다는 듯 난감해하는 표정이었다. 인체에 치명적인 성분이 무엇이냐는 질문에 이태라는 예상치 못한 답변을 내놨다.

"그건 정예인 씨한테 물어보면 되겠네요. 저보다 더 잘 알더라고요."

정예인? 그 전 기획실장 정예인? 기자들의 웅성거림이 화면을 뚫고 들려왔다. 교석과 충희가 깜짝 놀라 예인을 쳐다봤다. 예인도 이태라의 도발에 놀라 할 말을 잃었다. 교석이 말했다.

"이번에는 어디로 갈 거니? 다시 기자들이 몰려올 텐데."

예인은 아무 말 없이 방으로 들어갔다. 5분도 안되어 예인의 휴대폰이 무섭게 울리기 시작했다. 방 안을 이리저리 돌아다니며 예인은 짐을 쌌다. 그러다가 한순간 긴장이 탁 풀리면서 가슴속에서 깊은 분노가 일었다. 밖으로 나오자 두 남자의 뒤통수가 보였다. 화면에는 이태라의 기자회견을 재탕하는 언론 보도가 계속 나오고 있었다.

"내가 가긴 어딜 가요? 여기가 내 집이고, 잘못한 것도 없는데. 내가 죄지었어요?"

잔뜩 화가 난 예인의 목소리에 두 사람이 뒤를 돌았다.

"저도 그렇게 생각해요. 귀찮게 하는 놈 있으면 제가 도울게요."

충희가 불끈 주먹을 쥐며 대답했다. 티브이에서는 '정예인은 누구고 무엇을 알고 있는가?'라는 주제로 패널들이 떠들고 있었다. 김지태 아나운서의 얼굴이 비쳤다.

"제가 전에 그분을 몇 번 만난 적이 있습니다. 정예인 씨는 이태라 대표의 오른팔로 알려져 있습니다. 절대 손해 볼 사람이 아닙니다. 굉장히 똑똑하고 냉철한 인물이죠. 사전에 사내 정보를 입수하고 먼저 사직서를 제출함으로써 책임을 회피하려고 한 게 아닌가 싶습니다……."

"웃기고 있네."

예인은 시니컬하게 화면 속 김지태에게 대꾸했다. 그리고 주변을 둘러봤다. 충희가 뭘 찾느냐고 물었다. 그때 예인의 눈에 커다란 전기 예초기가 보였다. 충희가 가져온 것이었다. 예인은 무거운 전기 예초기의 핸들을 잡고 동작 버튼을 눌렀다. 그러자 위잉 모터 돌아가는 소리가 났다.

"그건 어쩌려고?"

교석이 물어봄과 동시에 의문이 풀렸다. 예인은 전기 예초기를 밀며 52인치 티브이를 향해 돌진했다. 쿠쿵. 예초기의 공격에 애꿎은 티브이가 뒤로 넘어가며 화면에 금이 갔다. 오디오도 고장이 났는지 김지태의 웃음소리가 구간 반복되어 기괴하게 들렸다.

"예인 씨……? 무슨 짓이에요?"

놀란 충희가 입을 틀어막으며 뒤로 물러났다. 교석은 고개를 절레절레 흔들었다. 저럴 때 보면 꼭 감정 절제를 잘 못하던 아들과 판박이였다.

"손도 대기 싫어서요. 기계 안 돌아가면 말씀해주세요. 물어드릴게요."

씩씩대며 말한 예인은 예초기를 도로 가져다놓고 김지태에게 메시지를 보냈다.

― 만나시죠.

이태라의 기자회견 이후 예상대로 교석의 집에 기자들이 몰려들었다. 아무렇지 않게 담을 넘는 사람도 있어 경찰이 자주 출동했다. 리코에서 만든 에코 캔디로 인해 자식들이 이상해졌다고 주장하는 부모들도 몰려와 새벽부터 확성기를 틀고 집 주변에서 농성을 벌였다.

이태라의 폭탄선언으로 정부는 리코 전 제품의 안전성을 다시 검사하겠다고 발표했다. 이어서 인체에 해를 미친다는 사실이 밝혀지진 않았지만 시중에 판매되고 있는 제품 전량을 우선 회수하라는 행정처분을 내렸다. 당연한 결과였다. 그러는 동안 애꿎은 예인만 표적이 되었다.

경찰이 몰려든 사람들과 기자들을 막는 동안 예인은 충희 트럭의 보조석 공간에 몸을 숨겨 가까스로 집을 탈출할 수 있었다. 리코의 공장 폐쇄와 제품 판매 중단으로 피피 품귀 현상이 일자 가격이 천정부지로 치솟았다. 사태가 심상찮게 돌아가자 발 빠른 일부 상인들은 미리 구매해놨던 피피를 높은 가격으로 암암리에 되팔았다. 인체에 유해하리라는 걸 알고도 사람들은 개의치 않았다. 하루아침에 끊을 수 있다면 중독이 아닐 것이었다.

이렇게 될 줄 이태라는 알고 있었을까. 때가 임박했다는 뜻은 여전히 오리무중이었다.

버킷해트로 얼굴을 반쯤 가리고 마스크를 쓴 예인이 광화문의 약속 장소로 들어갔다. 걱정과 달리 항상 복작복작했던 카페 안은 이상할 정도로 손님이 없었다. 2층 창가에 앉은 예인을 제외하면 구석 테이블을 차지한 중년 부부가 전부였다.

"피피 가져왔어요?"

김지태는 의자에 앉자마자 물건부터 확인하려 들었다. 그 모습이 꼭 마약 중독자 같았다. 따지고 보면 마약 중독자와 다를 것도 없었다. 서글서글한 인상으로 폭넓은 팬층을 유지해온 그는 어딘가 달라져 있었다. 눈빛은 흐리멍덩했고 셔츠의 첫 번째 단추는 두 번째 구멍에 끼워져 있었다.

"많이 아파요?"

예인의 물음에도 김지태는 같은 말만 반복했다.

"피피 가져왔어요?"

예인은 건너편에 앉은 중년 부부를 의식하며 쇼핑백을 내밀었다. 누가 채갈까 걱정하듯 김지태의 손이 다급하게 움직였다. 김지태는 침을 삼키더니 상자에 붙은 테이프를 거칠게 뜯었다. 틴 케이스를 열어 내용물을 곧장 입에 갖다 부었다. 와그작. 어금니 사이에서 에코 캔디 부서지는 소리가 예인의 귀에 어쩐지 생경하게 들렸다. 그 순간, 예인은 김지태가 몇 주 전 자신과 똑같은 증상을 보이고 있다는 것을 깨달았다. 금단증상.

김지태를 제대로 볼 수가 없어서 예인은 고개를 돌렸다. 그와 키스를 나눴던 혀가 사막처럼 까끌까끌 해지는 걸 느꼈다. 그는 여섯 알이 든 에코 캔디 한 통 을 다 털어 넣고 잠시 숨을 돌렸다.

"저도 제가 피피 중독인 줄 몰랐어요. 이걸 구할 수가 있어야죠. 어제는 집에 있는 플라스틱을 다 씹었 다니까요. 보세요."

그가 입을 아, 하고 벌렸다. 입안에 가득한 생채기 에 예인은 인상을 찌푸렸다. 김지태는 어쨌든 피피를 가져와줘서 고맙다며 챙겨 온 또 다른 것을 달라고 했다. 예인은 음성 녹음 파일이 든 USB를 건넸다.

"이태라가 공장 가동을 중지시키기 전에 만나서 나눴던 대화예요. 무슨 일을 꾸미는 것 같은데 그게 뭔지 전혀 종잡을 수가 없어요. 그래서 이걸 언론에 제보하려고 했지만 아시죠, 제 처지. 그래도 당신은 이미지가 좋잖아요. 당신이 보도해주었으면 해요."

"피피 값은 해야 하니까 들어보고 의견 보낼게요."

김지태가 쇼핑백을 챙겨 황급히 자리를 뜨려고 했다. 그는 예인이 건넨 USB보다 쇼핑백에 더 정신이 팔려 있었다.

"지태 씨, 단번에 끊어야 해요. 안 그러면 당신 죽을 수도 있어요."

"하하. 이 사태를 만든 게 누군데요. 가해자가 피해자 걱정해줍니까."

김지태의 비꼬는 말에 예인은 말문이 막혔다. 김지태가 떠나고 난 뒤 예인은 창밖으로 그의 뒷모습을 지켜보았다. 다급하고 불안정한 발걸음이었다. 하마터면 앞에서 오는 오토바이에 치일 뻔했다. 지켜보던 예인이 놀라 벌떡 일어났다.

다행히 김지태는 다치지 않았다. 그러나 그의 손에 들린 쇼핑백이 바닥에 떨어졌고 피피 케이스들이 쨍그랑 소리를 내며 바닥에 나뒹굴었다. 당황한 김지태가 상체를 구부려 그것들을 주워 담으려는데 득달같이 몰려든 행인들이 그런 그의 모습을 가려버렸다. 사람들은 몇 개 없는 피피를 쟁취하려고 서로 할퀴고 주먹질했다.

  예인은 자신의 두 눈을 의심하며 창가에 바짝 붙어 그 장면을 지켜봤다. 내가 지금 뭘 보고 있는 거지?

  수십 명 인파 틈에서 김지태의 모습이 언뜻 드러났다. 한눈에 봐도 만신창이가 된 김지태는 힘겹게 고개를 들어 갑자기 창가에 서 있는 예인을 가리켰다.

  "저 사람이 정예인이에요. 저 사람이 더 갖고 있어요!"

  그의 말에 몰려 있던 사람들의 시선이 일제히 예인을 향했다. 광기 가득한 눈들이 예인에게 달려오기 시작했다.

  예인은 발현기가 다가오고 있다는 이태라의 말을 그제야 이해했다.

발현기

더위가 극에 달한 초가을 밤이었다. 어두운 골목길로 들어설 때쯤 나는 아내의 쌀 심부름을 잊었다는 사실을 깨달았다. 다시 시장까지 가려면 10분을 또 걸어야 했다. 멀리 보이는 불법 증축한 빌라 3층 창문의 불빛이 환했다. 집이었다. 계속되는 이상 고온 때문에 땀범벅이 되어 빨리 들어가 씻고만 싶었다. 내일 아침 일찍 사 오면 되지. 너들로 된 쌀도 아직 남아 있을 거야. 물론, 나와 아내는 그것을 자주 먹진 않았다. 중학생인 아이들은 진짜 쌀보다 더 좋아했지만 건강에 좋을 건 없을 듯했다. 아무리 안전성이 인증된 식품이라지만 플라스틱 밥은 조금 꺼림칙했다.

　나는 아내의 긴 잔소리에 대항할 말들을 벌써부터 생각하고 있었다. 인터넷으로 시키면 될 걸 왜 꼭 그 집 쌀만 고집하냐고, 배달도 안 되는 무너져가는 쌀집을 왜 이용하냐고.

비밀번호를 누르고 집으로 들어갔다.

"나 왔어, 배고파 죽겠어. 라면 하나 끓여줄래?"

긴고 긴 침묵이 이어졌다.

부엌으로 가보니 식탁에 중학생 두 아들과 아내가 있었다. 왜 말을 안 해? 퉁명스럽게 쳐다봤다가 이내 심장이 튀어나올 듯 요동쳤다. 가족들이 저녁 식사 중에 괴한에게 일시에 습격당한 것 같았다. 아이들은 식탁에 얼굴을 파묻고 있었고 이마 주변으로 말라붙은 피가 보였다. 아내는 목이 돌아가 엉뚱한 곳을 바라보고 있었다. 까만 하늘이 보이는 창가 쪽을. 움직이지 않는 건 아내도 매한가지였다. 식탁 위에는 평소와 다를 바 없는 반찬들이 놓여 있었다. 김칫국, 노른자가 터진 달걀프라이, 갈치조림, 멸치볶음, 그리고 투명한 플라스틱 너들로 지은 밥.

굳이 맥박을 확인해보지 않아도 그들이 죽은 건 확실해 보였다. 하지만 그 사실을 인정하는 건 다른 문제였다. 아내의 목을 되돌려 눈을 맞췄다. 여보……? 목이 메어 목소리가 잘 나오지 않았다. 여보오! 힘껏 소리를 질렀다. 평소 잘 웃지 않는 무뚝뚝한 아내의 입가가 조금 찢어져 있었다. 그 때문에 비웃는 것처럼 보였다. 아내의 어깨를 흔들고, 아들들을 일으켜 세워 그들의 어깨도 흔들었다. 장난은 그만해. 얼음 땡 놀이를 하고 싶은 거라면 내가 몇 번이고 술래할게. 되는대로 말을 내뱉으며 대화를 시도했지만 돌아오는 건 무거운 침묵뿐이었다.

"누가 이랬어!"

떨리는 손으로 112 버튼을 눌렀다. 112 긴급 상황실입니다, 하는 젊은 남자의 목소리가 이것이 나쁜 꿈이 아니라 현실임을 일깨워주었다. 정신 차려, 박충희. 머리를 손바닥으로 후려쳤다. 가족들이 죽어 있다고, 빨리 와달라고 신고를 하고 집 안을 뒤졌다. 범인은 없었다. 창문이 뜯기거나 열린 흔적도 보이지 않았다. 바닥에는 식탁 위처럼 너들 쌀알이 누가 일부러 쏟아놓은 듯 알알이 흩뿌려져 있었다. 1년에 한두 번씩 플라스틱 과다 섭취로 인한 죽음이 뉴스에 나긴 했다. 우리도 같은 케이스인 건가? 일을 조금 일찍 끝내고 시장에서 쌀을 사 왔다면, 그래서 아내가 진짜 쌀로 밥을 짓고 넷이서 함께 저녁을 먹었다면 이런 일이 벌어지지 않았을 거라는 생각이 들었다. 개수대의 스테인리스 볼 안에서 식칼 한 자루가 물에 붇고 있었다. 다시 뒤를 돌아볼 용기가 나지 않았다. 대신 식칼을 집어 눈치 없이 펄떡펄떡 뛰는 손목을 단숨에 그어버렸다.

그날의 일은 '한 집안의 비극, 母가 두 중학생 아들을 죽이고 父는 자살 시도'라는 제목으로 저녁 뉴스에 보도되었다. 부검을 통해 밝혀진 아이들과 아내의 사인은 플라스틱 중독이었다. 먹어도 괜찮다면서? 나는 부검 소견서를 이해할 수 없었다. 플라스틱 제조 기업에서 만든 너들 쌀은 인체 무해성과 진짜 쌀의 절반가라는 파격적인 장점으로 너도나도 사들인 인기 식품이었다. 무사히 봉합 수술을 마친 나는 곧장 제조사를 찾아갔다. 문은 굳게 닫혀 있었다. 사고가 터진 지 두 달 만에 회사는 문을 닫고 사장 일가는 해외로 튀었다고 했다. 업체가 팔던 식품은 전량 회수되었다. 아무도 책임지지 않는 죽음이었다.

검시관: 정교석

소견서에 적힌 이름을 보고 '정교석'을 검색했다. 일개 검시관인 줄 알았던 그는 식이 플라스틱 분야의 이름난 박사였다. 먼 훗날에라도 그를 만나 어째서 내 자식과 아내가 죽음에 이르게 됐는지, 왜 나는 멀쩡한 지 묻고 싶었다.

그리고…….

○

예인은 소파 위에서 불안하게 중심을 잡았다. 양 손으로 1인용 의자를 들었다. 그 무게 때문에 금방이 라도 넘어질 듯 휘청거렸다.

다가오지 마. 예인은 의자를 내던질 기세로 대적 했다. 눈앞에 몰린 사람들이 굶주린 맹수처럼 그녀를 습격하려 했다. 대치는 오래가지 못했다.

"빨리 내놔!"

성난 사내의 목소리가 들리고 곧이어 예인의 이마 로 쟁반이 날아들었다. 예인은 비명을 지르며 들고 있 던 1인용 의자를 놓쳤다. 예인에게 여분의 피피가 없 다는 걸 알게 되자 곧바로 화염이 치솟듯 사람들의 분노가 폭발했다. 우릴 이렇게 만든 장본인, 악마 같 은 년, 사기꾼!

욕을 하며 달라붙는 그들에게 예인이 손을 휘둘렀지만 소용없었다. 옳다구나. 무력한 예인에게 곧바로 더 강한 공격이 쏟아졌다. 바짓가랑이가 붙들렸고, 머리채가 잡혔고, 두피가 뜯길 듯 당겨졌다. 의자에서 떨어진 예인의 몸이 마구 휘둘리고 얻어터졌다. 예인은 두 팔로 얼굴을 가리고 몸을 최대한 말았지만 무차별 공격에 제대로 된 비명도 내지르지 못했다. 퍽퍽 퍽, 가격하는 소리와 씨근덕거리는 숨소리만이 들렸다. 간간이 추임새처럼 욕설이 끼어들었다.

타앙!

총소리였다. 엄청난 폭발음이었다. 좌중이 전기에 감전된 것처럼 부르르 떨며 몸을 낮췄다. 공포탄이었으나 존재감은 무시무시했다. 충희가 성난 인파를 향해 총구를 겨눴다.

"경찰입니다. 모두 비키세요! 비키라고!"

군중은 사나운 눈매를 가진 사내에게 순순히 길을 터줬다. 예상치 못한 무력 진압에 재빨리 도망치는 사람도 있었다. 처음부터 이 사태를 지켜봤던 중년 부부가 뒤늦게 끼어들어 바닥에 늘어진 예인을 부축했다. 사람들이 어쩜 이래요, 죄가 있다고 해도 법으로 해결해야지. 중년 여자가 말했다. 곧 정신이 돌아온 예인은 입가에 흐르는 피를 닦으며 한 걸음 물러난 사람들을 노려봤다. 그 눈빛에 눌렸던 감정이 되살아났는지 가까이에 있던 여자들이 예인에게 침을 뱉었다.

"하지 말라고요. 당신들 카메라에 다 찍혔으니까 튈 생각 말아요. 금방 지원팀 옵니다. 예? 여기 가만히 계세요."

충희가 그들에게 경고한 뒤 예인을 카페 입구에 급하게 세워둔 트럭에 태웠다. 그제야 물러났던 사람들이 그가 정말 경찰이 맞는지 의심하기 시작했다. 그러나 이미 트럭은 현장을 빠져나간 후였다. 충희의 등줄기에서 한줄기 식은땀이 흘러내렸다.

휴. 깊은 한숨을 내쉰 충희가 정신을 못 차리는 예인에게 말을 걸었다.

"병원 금방 가니까 조금만 참아요. 예인 씨? 많이 아파요?"

"너무 아파요……."

"어디가 제일 아파요?"

"다요. 숨 쉴 때마다 죽을 거 같아요. 그런데 당신, 그 총은 뭐예요?"

"가짜 총이에요. 아프면 말하지 말아요. 그냥 내 얘기만 들어요."

고작 1킬로미터 거리에 있는 병원에 도착하는 데 한 시간이 넘게 걸렸다. 신열이 올라 상황 판단을 제 대로 할 수 없는 게 차라리 다행이었다. 충희가 본 거 리는 그야말로 아수라장이었다. '국가가 배상하라' '플라스틱 사태는 사고'라 적힌 피켓과 사람들이 엉 켜 있었고 상황을 통제하는 경찰은 한 명도 보이지 않았다. 인도와 차도의 구분이 사라졌고 여기저기서 무의미한 경적만이 비명처럼 울렸다.

무슨 일이 벌어진 것이다. 이렇게 많은 사람이 거 리로 쏟아져 나올 만한 일이.

충희의 트럭은 차 한 대가 겨우 지나갈 만한 골목 길로 접어들었다. 문 닫힌 상점 앞에 차를 세운 충희 가 예인에게 걸어가야 할 것 같다고 말했다. 충희의 부축을 받아 예인이 차에서 내렸다. 아기자기한 노점 상 너머로 오래된 병원이 우뚝 서 있었다. 걸어서 그 리 멀지 않은 거리였다.

"오늘 시위가 있나 보네……요."

광화문 일대는 주말이면 언제나 시위대로 가득했

기에 예인은 대수롭지 않게 말했다.

"그게 아니에요."

충희가 말했다. 그는 고개를 옆으로 돌렸다. 편의점의 먼지 한 톨 묻지 않은 투명한 유리 벽 너머로 내부가 들여다보였다. 사원증을 건 직장인들이 빼곡했다. 모두 체면을 잊고 내부를 들쑤시는 중이었다. 몇몇은 음료수는 쏟아버리고 페트병을 씹었다. 발길에 차인 과자가 굴러다녔다. 그들은 대신 폴리에틸렌으로 만들어진 과자 봉지를 먹었고, 잘 씹히지 않는 미끈한 봉투를 무작정 삼켰다가 도로 토해냈다. 단정한 블라우스 차림의 여자 셋이 긴 테이블에 나란히 서서 장우산 하나를 갈비 뜯듯 해체 중이었다. 세 명 다 눈에 초점이 없었으며 우산살에 붙은 플라스틱만을 씹고 또 씹었다. 잘 씹히지 않는지 잘근잘근 끈질기게 저작질을 했다. 가운데에 있던 여자가 성에 차지 않았는지 무리에서 빠졌다. 마침 운 좋게 에코 워터를 찾아낸 남자에게 다가가 그의 손에 들린 것을 뺏으려 들었다. 방어하던 남자가 주먹을 냅다 날렸고 여자는 그대로 구석에 처박혔다. 여자는 좀 전까지 자기가 씹고 있던 장우산을 가로채 남자의 입을 공격했다. 갑작

스러운 기습에 남자가 균형을 잃고 넘어졌다. 여자의
폭력성은 야생에 가까웠다. 여자는 쓰러진 남자의 얼굴
을 장우산으로 수차례 찔렀다. 피가 폭죽처럼 사방으로
튀었다.

　사람, 이라고 할 수 있을까.

　그들의 눈은 완전히 풀려 있었다. 먹잇감을 찾으
려 필사적으로 쓰레기통을 뒤지고 차도로 뛰어들었
다. 충희의 시선을 따라 이 광경을 함께 보게 된 예인
이 차게 얼어붙었다. 충희는 예인에게 등을 내보이며
업히라고 했다. 다른 말은 필요 없었다.

　빠앙, 클랙슨 소리와 함께 젊은 육신 하나가 그들
앞으로 내던져졌다. 울컥. 젊은 여자의 코와 입에서
피도 아닌 어떤 것이 흘러나왔다. 장우산으로 남자를
죽인 여자였다. 그녀의 손에는 힘겹게 뺏은 에코 워터
가 들려 있었다. 예인은 두려움에 충희의 등에 얼굴을
파묻었다. 당장이라도 누군가가 자신의 뒷덜미를 잡
고 책임을 물으며 패대기칠 것 같았다.

　"아무도 당신이 누군지 모를 거예요."

　충희가 용케 예인의 마음을 읽고 낮게 속삭였다.

　도착한 병원에서는 거리에선 보이지 않았던 경찰

들이 이미 차 벽을 세우고 입구를 막고 있었다. 들어오는 구급차도 경찰들의 확인을 거친 후에야 통과할 수 있었다. 치료를 받으려는 사람들과 병원의 플라스틱 의료품을 탈취하려는 사람들이 뒤섞였다. 무리에 휩쓸려 다친 몇몇 사람들이 살려달라고 외치다가 또한 번 짓밟혔다. 플라스틱을 구하려는 사람들이 차 위로 올라가려다 미끄러져 바닥을 굴렀다. 그때마다 경찰들은 확성기와 방패로 대열을 정비했다. 감추려 노력했지만 그들의 눈에는 무력함에서 오는 공포가 짙게 서려 있었다. 오래 버틸 수 있을 것 같지는 않았다. 무조건 안으로 진입하려는 사람들에게 간절함에서 밀리는 상황이었다.

"틀렸어요. 집으로 가요."

정신이 든 예인이 말했다. 인파 틈에서 황급히 빠져나온 두 사람 뒤로 경찰의 목소리가 마이크를 통해 쩌렁쩌렁 울렸다.

"여러분! 돌아가세요. 여기에는 플라스틱이 없습니다. 응급 환자들이 많습니다. 돌아가세요."

30년 전에도 이랬을까. 예인은 교석이 그토록 두려워하던 플라스틱 팬데믹 시절의 실체를 체감했다.

차에 올라탄 충희는 조수석 의자를 뒤로 젖혔다. 숨을 크게 쉬어보라며 예인의 늑골에 손을 댔다. 예인이 둥근 눈을 가늘게 뜨면서 촉각을 곤두세웠다. 충희는 예인이 아프다는 쪽을 이리저리 만져보더니 다행히 갈비뼈가 부러진 것 같지는 않다고 했다. 예인은 그의 이런 섬세함이 도무지 우연 같지만은 않았다. 그의 허리춤에 꽂혀 있는 권총의 정교함 역시 가짜 총의 느낌이 아니었다. 예인이 조심스레 손을 뻗어 권총을 빼내려 하자 눈치 빠른 충희가 팔을 잡고 저지했다.

"위험해요."

"당신 정체가 뭐죠?"

갈등하는 듯하던 충희가 입을 뗐다.

"피해자요."

"피해자?"

예인은 더 설명이 필요하다는 듯 되물었다. 그때, 쾅! 차창 정면으로 카트가 날아왔다. 그리고 사방으로 흩어진 페트병을 가져가려고 사람들이 몰려왔다. 리코의 경쟁 업체인 플로틱에서 출시한 음료수를 챙기려는 사람들이었다. 인근 대형 마트에는 누가 불을 질렀는지 까만 연기가 치솟았다.

"일단 빠져나가요. 나가서 얘기해요."

충희는 후진 기어를 넣고 빠아아아앙, 클랙슨을 길게 울렸다. 라디오를 켜자 뉴스 특보가 흘러나왔다. 아나운서의 급박한 목소리가 들렸다.

"경찰에 따르면 리코플라스틱의 이태라 대표가 고의로 PAL이라 불리는 독성 물질을 자사 제품에 첨가한 것으로 밝혀졌습니다. PAL은 신소재 플라스틱으로 꾸준히 섭취할 경우 PAL뿐 아니라 일반 플라스틱에도 중증의 중독 증세를 보이게 되고 신경계가 교란되며 심하면 사망에 이르게 됩니다. 특히 최근에 출시된 에코 워터에서는 과량의 PAL이 검출되었습니다. 경찰은 이태라 대표를 긴급 체포했으며 이에 따라……"

충희가 황급히 라디오를 껐다.

"또 때려 부술까 봐서요."

"내가 그럴 수 있는 상태로 보여요?"

예인의 목소리가 까칠했다. 충희는 예인을 보며 고개를 끄덕였다. 예인이 거친 콧바람을 내뿜으며 어이없다는 듯 웃었다. 무겁던 분위기가 조금 풀어졌다. 외곽 도로에 차들이 빽빽했다. 빌딩 유리창에 반사된 눈부신 황혼에 예인은 눈을 제대로 뜰 수 없었다.

낮게 깔린 구름, 오렌지색으로 물든 대기, 상공에서 내려다본다면 평상시와 다를 바 없을 풍경일 터였다. 잔잔한 물결이 이는 한강에 윤슬이 반짝거렸다.

"원래 직업은 보호 감찰관입니다. 사고 친 청소년들을 수시로 감시하고 찾아가서 다독여주고요. 애들이 플라스틱에 더 취약한 거 아세요? 왜냐, 걔네는 한 통에 만 원이나 하는 에코 캔디 같은 거 못 사 먹어요. 그냥 자기들이 만들어서 먹죠. 유튜브만 쳐봐도 유사 피피 레시피가 수두룩해요. 이태라가 이상한 걸 넣었다고 했죠? 사고 친 애들 대부분은 뭐든 훨씬 더 많이 넣어요…… 그렇게 죽는 애들을 너무 많이 봤습니다."

충희의 시선이 머나먼 곳을 보듯 아득했다.

"그래서 그만뒀어요? 총은요?"

"그래서 그만둔 건 아니고…… 총은 개조한 거예요."

"죽이고 싶은 사람이 있었나 봐요."

예인이 혼잣말하듯 중얼거렸다. 더 묻고 싶은 말이 많았지만 둘 다 지쳐 있었다. 예인이 조수석 의자를 세워 바깥으로 시선을 던졌다. 한강이 유난히 잔잔해 보였던 이유를 깨달았다. 수면 위에 인천항 사건

때와는 비교도 안 될 정도로 많은 물고기 사체가 둥둥 떠다니고 있었다. 한강은 죽은 물고기의 비늘이 반사한 빛으로 평소와 다른 반짝임을 보여줬다. 기이하고 충격적이고 눈부신 풍경이었다. 어째서 저 많은 것이 떠오른 것인가. 살아 있는 생명들이 무차별적으로 죽음을 맞이하는 중이었다. 예인은 고개를 돌려 외면할 수밖에 없었다.

내내 몰려와 있던 사람들은 더 이상 보이지 않았다. 예인의 귀에 이명처럼 계속해서 사이렌 소리가 울렸다. 충희와 헤어진 뒤 예인은 실외등도 켜지 않은 어두운 집으로 향했다. 현관문 귀퉁이에 있는 스위치를 눌러 불을 밝혔다. 정원에 쌓아둔 폐플라스틱이 한눈에 들어왔다. 예인은 꿀꺽 침을 삼켰다. 곧바로 유혹을 떨쳐내려 노력했다. 등을 돌려 집 안으로 들어갔다. 교석에게 방금 보고 온 것을 설명해줘야 했다. 세상이 지금 플라스틱 좀비로 가득 찼으니 어디로든 멀리 달아나야 한다고.

예인은 흉통이 느껴지는 갈비뼈 부근을 감싸 쥐고 교석을 불렀다. 거실 스탠드만 켜져 있을 뿐 교석은 보이지 않았다. 숨을 모아 창고에서도 들을 수 있도록 크게 할아버지를 불렀다. 그 어떤 인기척도 느껴지지 않았다. 교석에게 전화를 걸었다. 또 꺼져 있었다.

실험 중인가. 예인이 부순 티브이는 구석에 그대로 흉물스럽게 방치되어 있었다. 테이블에 어지러이 놓인 서류들이 눈에 들어왔다. 자세히 보니 자신이 보관하고 있던 자료들이었다. 서랍 깊숙한 곳에 있어야 할 회사 내부 자료들이 떡하니 테이블에 올라와 있는 이유가 뭘까? 예인은 부리나케 방으로 뛰어들어갔다. 의자 위에 놓인 입 벌린 가방, 완전히 닫히지 않은 책상 서랍, 미묘하게 달라진 책의 위치. 교석이 그런 것 같지는 않았다. 그는 완벽주의자다. 예인 몰래 물건을 뒤졌다면 흔적을 남기지 않았을 것이다.

그럼 누가?

"할아버지!"

예인은 교석의 방, 주방, 화장실, 서재를 차례로 확인한 뒤 창고로 향했다. 무겁게 누르는 흉통은 잊어버린 지 오래였다. 카페에서 자기를 붙잡고 주먹질하던 사람들이 뇌리를 스치고 지나갔다. 화가 난 그들이 여기까지 찾아왔던 걸까.

"할아버지! 어디 있어요?"

창고 창문에서 환한 빛이 새어 나왔다. 여기 계셨구나, 예인은 안도의 숨을 내쉬며 가슴을 쓸어내렸다. 두근거리던 심장이 제 속도를 찾았다. 너무 많은 일이 있어서 노파심이 들었던 것뿐이다. 뒤이어 짜증이 일었다. 노인네 귀가 먹은 거야? 그렇게 불렀는데…….

한창 일에 몰두할 때 방해받는 걸 싫어하는 교석이었지만 이번만큼은 예인도 사정을 봐주지 않았다. 벌컥 문을 열어젖혔다. 그러나 예인을 맞은 건 등을 보이고 의자에 앉은 교석이 아닌, 바닥에 엎드린 채로 뻗은 교석이었다. 예인은 한 발자국도 다가갈 수 없었다. 그의 눈은 감겨 있었고 바닥에는 피가 흥건했다.

하아악. 울음도 비명도 아닌 소리가 입을 통해 흘러나왔다. 곧이어 무서운 적막이 집 안을 감쌌다. 더이상 참을 수 없어진 예인은 그가 정말 죽었는지 달려가 확인했다. 뜨거운 숨 대신 뻣뻣하게 굳은 손만 느껴졌다. 벌써 사후경직이 시작된 듯했다. 누군가 할아버지를 살해했다. 예인은 교석의 시신을 두고 뒤돌아 절뚝이며 뛰기 시작했다. 목적지는 맞은편 충희의 집이었다. 다급한 벨 소리에 충희가 문을 열었다. 예

인이 그 자리에 주저앉아 떨어지지 않는 입을 간신히
뗐다.

"할아버지가 살해당했어요. 신고 좀 해주세요."

"네?"

예인의 얼빠진 낯빛을 확인한 충희는 더 묻는 대
신 곧바로 경찰에 연락했다. 그가 남겨져 있다는 창고
에 가보려고 했지만 예인이 제지했다.

"현장이 흐트러질 수 있어요. 증거를 최대한 보존
해야 해요."

예인의 목소리에 금세 냉기가 서렸다. 부르르 떨
던 어깨가 곧게 펴졌고, 굳게 다문 예인의 입술은 언
제나 고집스러워 보였던 교석의 그것과 놀랍도록 비
슷해졌다. 예인은 그새 상황을 누구보다 냉정하게 보
고 있었다. 경찰이 올 때까지 밖에서 기다리겠다는 예
인의 옆에 서서 충희도 함께 바람을 맞았다.

지금 예인의 행동은 아내와 두 아들의 죽음을 목도
했을 때의 충희의 대처와 무척 달랐다. 그때 그는 빨리
삶을 끝내고 싶다는 욕망으로 시간을 흘려보냈다.

바람결에 실린 예인의 목소리에 강한 의구심이 묻
어났다.

"할아버진 오래오래 살고 싶어 하셨어요. 부모 없는 나 때문에. 누가 그랬는지 알게 되면 꼭 되갚아줄 거예요. 나 때문에, 혹은 나 대신 이렇게 되신 거잖아요. 오늘 약속이 없었다면 할아버지가 아니라 내가 당했을 수도 있죠. 날 죽이고 싶어 하는 사람은 널리고 널렸으니까."

"……그래요."

경찰은 30분이 넘도록 오지 않았다. 충희는 현장에 있을 때 안면을 트고 지냈던 몇몇 경찰에게 차례로 연락을 돌렸다. 전화를 받는 이가 없었다.

은은한 실외등 빛에 감싸인 집은 여느 때와 똑같아 보였다. 금방이라도 할아버지가 나와 그릴에 바비큐를 굽고 잘 구워진 고기를 담아 자신에게 건네줄 것만 같았다. 주검을 발견한 지 세 시간 만에 예인은 굵은 눈물을 흘렸다.

경찰들이 도착한 건 첫 신고 후 여섯 시간이 지난 새벽 4시쯤이었다. 전에 시체 훼손 혐의로 형사계를 드나들며 낯을 튼 이선우 경위가 충희와 예인에게 다가왔다. 뭘 하다 왔는지 그에게서 진한 땀 냄새가 풍겼다. 감식반 대원들이 현장 감식을 진행하는 동안 이 경위는 예인과 집 안에서 이야기하기를 원했다. 경찰서가 정신이 없어서 여기서 하는 게 좋겠다고 말했다. 예인은 광화문에서의 난리통을 떠올리며 고개를 끄덕였다. 줄곧 보디가드처럼 옆에 붙어 있던 충희를 떼어내고 둘만 안으로 들어갔다.

환한 내부로 들어서니 이 경위의 지치고 까칠한 얼굴이 눈에 띄었다. 밖에서 오래 떨던 예인이 잠시 외투를 가져오는 동안 이 경위는 소파에 몸을 깊숙이 묻은 채 낮게 코를 골았다. 예인은 쾅 소리가 나게 주먹으로 탁자를 쳤다. 이 경위가 깜짝 놀라 눈을 떴다. 여기가 어딘지 그새 잊은 표정이었다. 예인과 눈이 마주치자 안면 근육을 풀듯 얼굴을 찡그렸다가 눈자위를 눌렀다가 기지개를 켰다.

"이해해주세요. 53시간째 깨어 있습니다."

"방금 주무셨으니 카운트를 다시 하셔야 할 것 같은데요."

이 경위가 벽시계를 보며 변명했고 예인이 같은 벽시계를 보며 냉정하게 대꾸했다. 그는 군말 없이 가방에서 노트북을 꺼냈다.

"댁에 들어온 시간은요? 정확할수록 좋습니다."

"밤 9시 20분 조금 넘어서였을 거예요. 오늘 4시에 광화문에서 약속이 있어서 조금 이른 12시 30분에 집에서 나왔고요. 범행은 그사이에 이뤄졌을 겁니다."

"창고 침입 흔적이 전혀 없던데요. 선생님 집에 자주 드나든 사람이나 친구분, 혹은 정기적으로 방문한 렌탈사 직원이라든지 청소 업체 직원이라든지 하는 리스트 다 불러주세요. 생각나시는 대로."

"없어요. 앞집에 사는 충희 씨가 전부인데…… 충희 씨는 저와 함께 집에 돌아왔고요. 사실 할아버지와 함께 산 지 2주밖에 안 돼서 그런 서비스를 받고 계셨는지도 잘 모르겠어요. 할아버지 생활을 잘 몰라요. 저보다 충희 씨가 더 잘 알 거예요."

"아까 옆에 계시던 분?"

노트북 위에서 이 경위의 손가락이 빠르게 움직였다.

"맞아요."

"오늘 하루 종일 함께 계셨습니까?"

"아뇨. 함께 나왔지만, 약속 장소에 내려주고 다른 볼일이 있다고 잠깐 헤어졌다가……."

"헤어졌다가?"

예인은 카페에서의 절체절명의 순간 충희가 구원의 손길을 내밀어준 일을 떠올렸다. 기가 막힌 타이밍이었다.

담담히 당시를 복기할수록 의혹은 점점 커졌다. 평소와 다르게 순간순간 깊게 침잠하던 충희의 눈동자. 피해자, 라고 말할 때 그는 예인이 알던 앞집 아저씨가 아니었다. 그리고 대략 두세 시간의 공백. 충희가 알리바이를 대지 못한다면 그는 유력한 용의자로 몰릴 수도 있었다.

"뭔가 걸리는 게 있군요?"

이런 예인의 속마음을 읽은 듯 이 경위가 다시 물었다.

"네. 어쨌든 서로 떨어져 있던 때가 있었으니까요."

예인은 마침 집 안으로 들어온 충희를 똑바로 바라보면서 말했다. 예인의 시선을 따라가던 이 경위가 엉거주춤 선 충희를 발견했다.

"때맞춰 잘 오셨네요. 잠깐 참고인 조사 좀 할까요?"

충희가 예인의 의중을 살피며 이 경위의 말에 고개를 끄덕였다. 예인이 소파에서 일어나 자리를 피해주려는데, 충희가 예인의 손에 진통제를 건넸다. 아마

이것을 주려고 온 모양이었다. 다정도 하시네, 이 경위가 비아냥거리는 투로 말했다. 충희는 무표정한 얼굴로 방금까지 예인이 앉아 있던 자리에 엉덩이를 무겁게 내려놓았다.

예인이 밖으로 나가는 것을 보고 충희가 말했다.

"제가 범인이랍니까?"

○

살해 현장에서는 교석의 휴대폰과 살해 도구를 찾을 수 없었다. 이 경위의 추측대로 범인이 챙겨간 게 틀림없었다. 이후 이루어진 참고인 조사에서 충희는 예인과 떨어져 있는 동안 예인이 부순 전기 예초기를 수리하러 철물점에 갔었다고 설명했다. 그 뒤 광화문 카페로 돌아갔고 그 사달을 목격하고는 예인을 도왔다는 것이었다. 충희는 그날 오후 3시 정각에 교석에게서 마지막으로 받은 문자 내용을 경찰에 보여줬다.

— 예인이는 죄가 없다. 예인이를 부디 잘 부탁하네.

자살을 암시하는 내용이었기에 수사의 초점을 그

쪽으로도 맞췄지만, 충희가 교석의 휴대폰으로 문자를 보냈을 수도 있다는 의심을 거둘 순 없었다. 이 경위가 국과수에 요청한 부검은 2주가 지나도록 이루어지지 않았다.

예인은 아침마다 눈을 뜨기가 무섭게 이 경위에게 전화해 보채기를 관두고 이젠 직접 국과수에 전화를 걸어 사정했다. 일주일이 더 흐르자, 국과수는 아예 전화조차 받지 않았다.

뉴스는 연일 게릴라성 집회 상황을 보도했고, 죽은 사람의 숫자는 무서우리만치 폭발적으로 늘어났다. 되도록 자연식으로 섭취하고 집에 있으라는 정부 방침이 내려왔다. 두 눈으로 봤지만 여전히 믿을 수 없는 광경들이 지옥도처럼 펼쳐졌다. 교석의 말은 사실이 되어갔다. 사람들은 매일 플라스틱 중독으로 거리 곳곳에서 먹어서는 안 되는 것을 입에 무차별적으로 처넣고 토악질했다. 잦은 구토로 삭거나 플라스틱을 먹다 깨진 치아가 길거리에 굴러다녔다. 밤이면 구급 대원들이 시신들을 방수포에 감싸 수거했다.

언젠가부터 공중파 뉴스에서는 같은 영상만 반복해서 나오기 시작했다. 예인은 유튜브 영상을 한두 개

찾아보다가 김지태의 죽은 얼굴을 발견한 뒤로 더 이상 그 어떤 것도 보지 않기로 했다. 예인을 제외한 모두에게 할아버지의 죽음은 뒷전이었다. 죽음들이 도처에 깔려 발에 챘으니까.

"예인 씨!"

충희가 집 밖에서 예인을 불렀다. 예인은 교석이 죽은 다음 날 그의 오래된 승용차로 집 앞을 막았다. 유리병을 깨뜨려 그 조각들을 담 위에 올려뒀고 그걸로도 모자라 사방에 흩뿌려두기까지 했다. 범인이 다시 찾아오면 복수할 수 있게 독일제 칼도 항상 근처에 두었다. 기수의 가슴을 갈랐던 그 칼이었다.

"예인 씨! 괜찮죠? 다 들릴 테니까 안 나와도 돼요. 여기서 말할게요. 박사님 장례 안 치를 거예요? 부검 결과 아직 안 나온 거 아는데, 그래도…… 언제까지 미룰 수는 없잖아요. 박사님 먼저 편히 보내드리고, 범인 다시 찾아요. 네?"

충희의 목소리가 집 안에 울렸다. 부드러운 울림이었다.

"장례식장에 온…… 조문객들을 통해서 단서를 얻을 수도 있잖아요. 우리는 모르는 박사님 지인을 알게 될 수도 있고요."

충희의 말이 예인의 마음을 흔들었다. 왜 그 생각을 못 한 건지 아차 싶었다. 예인은 줄곧 혐의가 정확히 입증되지도 않은 충희 혹은 플라스틱으로 가족을 잃은 이름 모를 사람이 범인일 거라고 막연히 단정 짓고 있었다.

끼익. 예인은 오랜만에 현관문을 열고 햇볕 아래 모습을 드러냈다. 본격적으로 위세를 드러내지 않은 초겨울의 바람은 아직 순했다. 손질하지 못하고 그대로 둔 잡초들이 정강이까지 자라나 마당은 폐허나 다름없었다. 담 너머로 예인을 발견한 충희가 반색하며 물었다.

"괜찮아요? 끼니는 잘 챙겨 먹고 있죠?"

울컥 마음이 동요했다. 겨우 타인의 목소리에 마음이 무너질 만큼 예인은 약해져 있었다. 하나도 안 괜찮았다. 교석이 버릇처럼 말하던, 나 없으면 너 혼자 외로울 거라는 말이 어떤 뜻인지를 뒤늦게 깨닫고 있었다. 예인을 지탱하는 척추가 사라진 기분이었고 그래서 똑바로 걷고 똑바로 생각할 수가 없었다.

"네……."

"잠깐 비켜봐요. 오른쪽으로."

예인이 오른쪽으로 몸을 틀자 종이 박스 하나가 담을 넘어 휙 날아왔다. 열어보니 잘 익은 토마토와 오이, 라면이 들어 있었다.

"토마토랑 오이는 박사님이 주신 씨로 수확한 거예요. 유전자 조작된 거라 생김새는 이상한데 엄청 달아요. 다른 게 더 필요하면 연락 주세요."

그는 잠시 예인의 대답을 기다렸지만 응답이 없자 터덜터덜 발소리를 내며 집으로 돌아갔다. 예인은 하트 모양으로 생긴 주홍빛 토마토를 그 자리에서 입에 넣고 씹었다. 익숙한 단맛이 느껴졌다. 알던 맛이었다. 할아버지 밭에서만 나는 토마토의 맛. 웩 맛없어. 한번은 수확한 토마토를 먹다가 도로 뱉은 적이 있었는데, 그다음 해에 할아버지는 특별히 만들었다며 설탕물을 머금었다고 해도 좋을 다디단 토마토를 건넸다. 예인이 일곱 살 때였다. 비교적 생생한 추억이었다. 할아버지…… 할아버지…… 예인은 일곱 살 어린 아이처럼 땅바닥에 주저앉아 울었다. 해가 기울어 사라질 때까지, 더 이상 짜낼 울음이 없을 때까지 울었다. 그러고 나자 교석을 보낼 수 있을 것 같았다.

빈소는 교석의 모교 대학병원에 마련됐다. 사망자
수가 연일 수직 상승하고 있음에도 제일 좋은 장례식
장을 잡을 수 있었던 건 대학 측의 마지막 배려였다.
예인은 교석의 지인들과 국가재난연구소에 사망 소
식을 알렸다.

이틀 동안 빈소를 찾은 사람은 충희뿐이었다. 겨
우 준비한 100인분의 음식들은 모두 폐기됐다. 날짜
를 잘못 전달한 건가, 부고 문자를 다시 확인해봤지만
잘못된 건 없었다. 예인보다 충희가 더 민망한 표정으
로 이 상황을 못 견뎌 했다. 어떻게 아무도 오지 않을
수가 있지. 모두 다 상황이 여의치 않은 건가. 모두 다
죽어버린 건가. 예인은 교석의 영정을 바라보며 보기
싫은 뉴스를 매시간 확인했다.

삼일장의 마지막 날, 예인은 집에 들러 교석의 방
을 뒤졌다. 그가 모아둔 명함을 확인하며 차례차례 전
화를 걸었다. 할아버지와 무슨 관계인지, 관계가 있다
면 어째서 장례식장에 오지 않는 건지, 구차하지만 그
렇게라도 확인을 해야 떠난 그에게 손녀로서 면목이
설 것 같았다. 대부분은 난감한 목소리로 그분과 친분
이 없다고 답했다. 그분이 여태 살아 계셨냐는 무례한

반응을 보이거나 삼가 조의를 표한다는 싱거운 말만 전하는 경우도 있었다.

한창 전화를 돌리고 있을 때 이 경위가 찾아왔다. 그는 인쇄된 종이 한 장을 내밀며 말했다.

"죄송합니다. 확인이 너무 늦었습니다. 박사님이 생전에 연락을 주고받은 내역입니다. 제가 이걸 드리는 이유는 위에서 담당 사건을 모두 마무리하라는 지시가 내려와서예요. 살인이든 강도든 뭐든 다 손 떼랍니다. 모든 경찰 병력이 시체 처리와 집회 통제에 집중될 예정이에요. 이게 제가 드릴 수 있는 마지막 도움입니다."

"예? 그게 무슨 소리예요? 그럼 앞으로 살인이나 강도를 당해도 아무도 도와주지 않는단 뜻이에요?"

상심한 예인이 이 경위에게 따졌다. 이 경위의 얼굴에 열패감이 가득했다.

"위기 대응 시스템은 이미 무너졌어요. 지금까지는 신고하면 경찰이 출동했지만…… 이제는 개인의 사사로운 일까지는 챙기지 못합니다."

"다 포기한 게 아니고요?"

"책임은 그쪽에도 있잖습니까."

이 경위의 한마디에 예인은 그대로 물러섰다. 예인의 뺨과 목덜미가 붉어지는 것을 보고 이 경위는 도망치듯 자리를 떴다. 불이 전신을 휘감는 듯한 분노와 수치가 솟구쳤다. 예인은 이 경위가 남긴 통화 내역을 천천히 훑었다. 교석이 죽기 전 마지막으로 통화한 번호가 낯익었다. 이태라였다. 통화 시간 9분 24초.

식용 플라스틱 제품으로 전에 없던 호황을 누린 리코플라스틱은 한순간에 잿더미가 됐다. 모든 공장은 피피에 미친 사람들의 습격을 받았고, 화형식이 행해지듯 불태워졌다. 일방적인 대규모 해고에 앙심을 품은 직원들의 소행이라는 말들이 많았지만 그마저도 곧 사그라들었다. 말을 생성하고 전하던 사람들이 빠르게 죽어서였다.

예인은 동부구치소 면회장에서 이태라를 기다렸다. 이태라는 보건 범죄 단속에 관한 특별 조치법으로 무기징역이나 적어도 20년 이상의 징역을 선고받을 거라고 했다. 면회를 거부할 거란 예상과 달리 그녀는 수인복 차림으로 투명한 유리 막 앞에 순순히 나타났다. 예인이 예상한 것보다 얼굴이 좋았다. 발현기가 올 거라는 자신의 말대로 사태가 흘러가서 기쁜 듯 보였다.

"안녕?"

면회장 마이크가 켜지고 이태라가 먼저 말을 건넸다. 예인은 이제 그녀를 안다고 할 수 없었다. 에코 캔디, 에코 워터가 어떻게 전 세대를 망치고 있는지를 생각하면 그녀의 예언은 빈틈없이 적중했다. 그동안 살이 빠진 이태라는 턱이 더 뾰족해지고 눈매도 더 기민해져 있었다. 벌써부터 그녀의 기가 예인을 내리찍는 느낌이었다. 예인은 마음을 다잡고 이곳에 온 목적만을 생각했다.

"할아버지와 언제부터 알던 사이였죠?"

"꽤 오래전부터."

"제가 리코에 입사하기 전부터요?"

"물론이지."

예상은 했으나 기대했던 대답은 아니었다. 예인은 교석의 그늘에서 벗어나 제 능력으로 자립한 것이 아니라 그늘 안에서 누릴 수 있는 것을 누렸을 뿐이었다.

"실망했구나. 너 정도의 열정과 실력을 갖춘 사람은 널리고 널렸어요. 그래도 많이 죽어나가고 있으니 실적은 있다고 할 수 있겠어."

"이런 걸 실적으로 내세울 생각 없어요. 내가 궁금한 건 할아버지가 돌아가신 날, 둘이 무슨 얘기를 나눴는지예요."

"결국 죽었구나."

이태라가 생각에 잠긴 듯 침묵하더니 다시 말을 이었다.

"그리고 말은 똑바로 해야지. 네가 진짜 궁금한 건 내가 네 할아버지를 교사라도 해서 죽였는지겠지."

예인은 그저 이태라를 노려볼 수밖에 없었다.

"네 할아버지가 좋은 사람 같니?"

예상치 못한 질문에 예인은 당황했다. 그 질문은 그가 좋은 사람이 아니라는 뜻이기도 했으니까. 타인을 통해서 듣게 되는 가족의 진실은 스스로 깨닫는 것 이상으로 가슴을 후벼팠다. 예감하고 있던 바여도 그랬다. 예인은 사형선고를 받은 심정이 되어 아무 말도 할 수 없었다.

"30년 전에 일어난 일을 지금 여기서 자세히 말해줄 순 없어. 하지만 국가재난연구소 소장이었던 정교석 박사가 다음 세대는 플라스틱을 모두 분해할 수 있다고 거짓 발표를 했다는 사실은 말해줄 수 있지. 왜 그랬느냐. 엄청난 로비가 있었어. 네가 평생을 놀고먹어도 될 만큼의 돈을 네 할아버지가 받아먹었어. 연구소장 자리를 그만둘 수밖에 없었을 거야. 돈 때문에 양심을 판 인간을 누가 믿고 따르겠어. 스스로도 견딜 수 없었겠지. 고고한 척하기를 좋아하던 인간이었으니까."

"거짓말!"

예인은 더는 듣기가 힘들어 크게 소리쳤다. 교석과 마지막으로 나눴던 대화가 떠올랐다. 플라스틱 세대는 허상이라고 말했던 교석. 이태라의 말을 들으니 앞뒤가 맞아떨어졌다. 그러나 교석이 로비를 받았다는 말은 믿기 힘들었다. 그는 평생을 책 먼지에 둘러싸여 지낸 연구자였다. 그리고 로비를 받았다면 적어도 그 후광은 누려봤어야 설득력이 있었다. 예인의 유학비도 죽은 부모의 보험료로 댄 것으로 알고 있었다. 유복하게 살았으나 유별난 부를 누려본 일도 없었다.

"모욕하지 마. 당신이 뭘 안다고?"

"그 많은 돈을 어디에 썼는지는 나도 잘 모르겠다. 원래 없는 집안도 아니었고 말이야. 네 할아버지가 마지막으로 한 말이 궁금하겠지?"

이태라는 뜸을 들였다. 별안간 유리 막 가까이로 다가오는 통에 그녀의 뾰족한 코끝이 살짝 눌렸다. 작은 구멍 사이로 뜨거운 숨결이 전해졌다.

"나쁜 놈들은 항상 오래 살아. 네 할아버지처럼."

그녀가 슬며시 웃었고 예인은 또다시 농락당한 기분이 들었다.

"할아버지가 마지막으로 한 말이 뭔데요!"

예인의 다그침에 이태라는 어깨를 으쓱하며 유감이라는 표정을 지었다.

"기억이 안 나네. 오래 살아서 미안하다고 했던가. 그치, 더 빨리 죽었어야 했는데."

이태라는 시간이 다 되었다는 듯 시계도 차지 않은 손목을 두드리며 일어났다. 다급해진 예인이 벌떡 일어나 이태라의 등 뒤에 질문을 퍼부었다. 할아버지가 무슨 용건으로 전화한 건데요? 당신이 죽인 거 맞잖아? 리코에서 죽인 거 맞잖아? 괜히 죽은 사람 모욕하지 마, 내가 속을 줄 알고?

그러나 예인의 고함은 꺼진 마이크를 뚫지 못하고 면회장에 그대로 갇혀버렸다. 언제나 예인을 위해 오

래 살아야 한다고 했던 교석이었기에 이태라의 말을
믿을 수 없었다. 하지만 고인의 장례식장에 단 한 명
의 제자나 동료도 오지 않은 데는 그럴 만한 이유가
있을 터였다. 교석이 간직한 명함 속 인사들에게 부고
소식을 알렸을 때 돌아온 떨떠름한 반응들. 예인은 최
근 통화 목록에서 교석과 가장 길게 통화한 사람에게
문자를 남겼다. 현재 연구소장을 맡고 있는 오기혁이
었다. 너무 빨리 헤어져 기억조차 없는 예인의 아버지
의 연구실 동료였다.

　―안녕하세요, 소장님. 정예인입니다. 할아버지가
연구소장으로 계실 때 로비를 받았다는 이야기를 들
었습니다. 진실을 알고 싶습니다.

　답장은 오지 않았다. 그렇지. 아닐 거야. 예인은 세
차게 도리질을 치며 운전대를 잡았다. 만약 이태라의
말이 사실이라면 교석을 용서하지 못할 것 같았다. 시
곗바늘은 평일 퇴근 시간을 향하고 있었다. 이태라가
했던 말을 곱씹으며 생각에 잠긴 예인은 뒤에서 따라
붙는 끈질긴 사이렌 소리를 의식하지 못했다. 경찰차
가 예인의 앞을 막고 나서야 뭔가 잘못됐나 하고 주
위를 살폈다.

경찰 한 명이 차에서 내렸다. 이 경위처럼 피로에 찌든 얼굴이었다. 모두가 중독으로 미치거나 죽는 상황에서 살아남은 자들의 책임은 나날이 무거워지고 있었다. 예인은 도로의 기묘한 상황을 뒤늦게 자각했다. 불과 엊그제까지만 해도 도로는 사람과 자동차로 아수라장이었는데 지금은 사람은커녕 차도 한 대 보이지 않았다.

"면허증 주세요."

예인은 면허증을 건네며 물었다.

"무슨 문제가 있나요?"

경찰은 신분증 하단에 있는 바코드를 찍어 어딘가로 전송했다. 곧바로 무전이 울렸다.

"허가받지 않은 등록 번호입니다."

잡음 없는 깨끗한 기계음이 예인의 귀에도 똑똑히 들렸다. 경찰이 신분증을 돌려주며 말했다.

"차 끌고 저 따라오세요."

"허가받지 않았다니 그게 무슨 뜻이에요?"

"오늘 정오부터 허가받지 않은 국민의 이동을 금지하라는 명령이 떨어졌습니다. 플라스틱 반응 검사만 끝나면 곧장 댁으로 보내드릴 겁니다."

"예?"

놀란 예인이 되물었지만 경찰은 더 대답해줄 의무가 없다는 듯 경찰차에 올라탔다. 서둘러 휴대폰으로 뉴스 속보를 확인하니 서울 경기 일대가 레드존 구역으로 지정되며 이동이 금지된 상태였다. 경찰차가 먼저 시동을 걸고 달리기 시작했다. 이럴 시간이 없는데. 사방으로 고개를 틀어 빠져나갈 구멍을 찾았지만 샛길마다 바리케이드가 설치되어 있었다. 어디로 가는 거지? 예인은 서행하는 경찰차를 따라가며 한 손으로 검색창에 이동 금지령, 플라스틱 중독 검사, 검사소 같은 단어들을 생각나는 대로 입력했다. 접속이 지연되고 있다는 안내창이 떴다. 세상과 이렇게 한순간에 단절될 수 있다는 공포가 엄습했다. 가게마다 셔터가 내려져 있었고 돌아다니는 건 가끔 보이는 길고양이와 비둘기뿐이었다. 며칠째 이어진 집회로 길가는 재 섞인 연기와 쓰레기로 가득 차 있었다. 펑! 뒤쪽에서 기분 나쁜 소리가 들렸다. 뒷바퀴가 터졌는지 차체가 휘청했다. 예인의 차가 비상등을 깜박이자 앞서 가던 경찰이 후진으로 다가오더니 창문을 내리고 말했다.

"차는 버려두고 뒤에 타세요."

경찰차 뒷좌석에는 예인처럼 거리에 나왔다가 잡힌 네 명이 몸을 구긴 채 앉아 있었다. 덫에 걸린 동물처럼 그들의 눈동자에는 두려움이 가득했다.

○

체육관에 갇힌 지 15일가량 지났다. 예인은 벽면에 걸린 달력을 보며 오늘이 며칠인지 손가락으로 세봤다. 사방이 막힌 곳에서 똑같은 날이 반복되다 보니 하루의 경계가 모호했다. 어제는 함께 숙식하던 다섯 명 중 세 명이 이상 반응을 보였다. 한 명은 낡아빠진 등산복을 입에 넣었고, 회사 동료 사이라던 인사성 밝은 여자 둘은 올리브색 벽시계를 내리더니 사이좋게 분해해 씹었다. 입안에 금세 피가 고여 바닥에 뚝뚝 떨어졌다. 그들의 손이 빨갛게 물들자 예인은 이제 놀라는 대신 벨을 눌렀다. 경찰 소속인지 군 소속인지 모를 남자들이 여자 셋을 끌고 갔다. 예인은 때를 놓치지 않고 재빨리 오늘이 며칠이냐고 물었다. 그들이 서로를 보며 고개를 갸웃거렸다. 그들도 헷갈리는 눈치였다.

입소 때 휴대폰을 압수당한 예인은 신경을 곤두세우고 관리자들의 말을 귀동냥했다. 아는 친구가 죽었다, 한 가족은 전체가 플라스틱 중독으로 몰살됐다, 같은 소리가 오갔다. 예인은 플라스틱 패널로 분리된 5평짜리 공간에서 지냈다. 패널은 입소자들에게 그 자체로 유혹물이자 시험관이었다. 먼저 들어온 예인보다 새로 들어온 여자들이 먼저 그곳을 떠났다. 아주 가끔 예인처럼 플라스틱 중독에서 벗어난 사람들도 있었다. 그들은 사흘을 넘기지 않고 바깥으로 나갔다. 예인만 줄곧 남겨지는 건 이해할 수 없는 처사였다.

수차례 항의를 했지만 누구도 예인을 상대해주지 않았다. 삼시 세끼 식사는 걸어서 5분 거리에 마련된 건물에서 해결했다. 처음엔 사람들로 빽빽해서 줄을 서서 먹었지만 점점 인원이 줄었다. 예인은 걸레 맛이 나는 듯한 멀건 국을 뜨며 빠져나갈 궁리를 했다.

똑똑. 탁자가 울리는 소리에 예인이 식판에 파묻었던 고개를 들었다. 조금 떨어진 곳에서 예상치 못한 인물이 반갑게 손을 흔들었다. 마지막으로 봤을 때보다 얼굴이 훨씬 더 좋아 보였다. 기획실장이었던 정예

인 씨예요. 그의 짤막한 소개에 옆에 있던 일행이 묵
례했다. 예인은 반가운 마음에 식판을 들고 그의 앞으
로 자리를 옮겼다.

"성근 씨, 여긴 언제 왔어요?"

"한 5일 된 것 같아요. 집에 먹을 게 다 떨어져서
마트에서 소시지 훔치다가 이리 잡혀왔어요. 집에 있
으나 여기 있으나 똑같아서 그냥저냥 지내고 있네요.
실장님은 얼마나 됐어요?"

"전 오래됐어요…… 나갈 수 있는데 내보내주질
않아요."

"음…….."

성근은 그럴 줄 알았다는 듯 일행과 무언의 눈길
을 주고받았다.

"뭐죠?"

성근이 목소리를 낮추고 말했다.

"리코, 협진, 제이앤코, 플로틱 직원들은 일부러
붙잡아둔다는 얘기가 있어요. 우린 아무것도 모르는
일개 직원일 뿐인데도요."

예인은 그동안 설마설마했던 이유를 성근에게 듣
자 오히려 후련해졌다. 그렇다면 아무리 기다려봤자

소득이 없을 거라는 얘기였다.

"바깥 상황은 어때요? 여기에서 죽기만 기다릴 수는 없어서요. 밖으로 나가서 이 사태를 막아야만 해요."

"정 박사님이 하신 말씀이 현실이 되었네요."

예인이 절박하게 말했으나 성근은 이미 다 포기한 듯 가볍게 대답했다. 더 이상 그는 살고 싶으니 정 박사의 말이 거짓이라고 말해달라던 사람이 아니었다.

"아니에요. 뭔가 방법이 있을 거예요. 제가 찾을 겁니다. 그래서 여기 있을 수가 없어요. 방법 없을까요? 다른 분들, 혹시 빠져나간 사람들 얘기 못 들으셨어요?"

"실장님은 정말 여전하시네요."

조롱 조로 들렸지만 예인은 개의치 않았다.

"정말 해결할 방법이 있다고 생각하세요?"

여태껏 말없이 성근 옆에 앉아만 있던 체격 좋은 남자가 물었다. 곧이어 말을 이었다.

"나가고 싶으시면 오전 8시부터 10시 사이를 노리세요. 그 시간이 관리자들 교대 시간이에요. 내부 인력이 아니라 그때그때 투입되는 알바생들로 꾸려지니 아무래도 좀 느슨하겠죠? 걔들, 어리바리하거든요."

"어떻게 그렇게 잘 알죠?"

"제가 그 알바를 이틀 했었어요. 알바비는 떼였지만. 구체적인 방법은 실장님이 고민하셔야겠죠."

그 정도면 충분했다. 예인은 고맙다고 말했다. 체격 좋은 남자는 죽은 기수와 같은 여과팀 직원으로 오다가다 예인을 몇 번 본 기억이 난다고 했다. 하루아침에 직장 잃은 것도 억울한데 여기서까지 낙인찍히고…… 서로 돕고 살아야죠. 남자가 말했다.

예인은 바로 다음 날부터 남자가 말한 오전 8시에서 10시 사이의 내외부 동태를 살폈다.

매일 새로 들어온 여자들이 예인과 한방을 썼다. 예인은 며칠을 기다려 그나마 자신과 비슷한 체격을 가진 사람을 골랐다. 혈색이 없는 하얀 얼굴에 이목구비가 시원시원한 미인이었다. 들어오자마자 불안한 두 눈이 무언가를 좇더니 그 자리에서 초록색 토물을 쏟아냈다. 예인은 당황한 그녀를 대신해 수건을 가져와 구역질 나는 구토의 흔적을 군말 없이 치우기 시작했다. 지친 여자는 벽에 기대어 잠자코 예인의 행동을 지켜봤다. 이름이 뭐예요? 예인의 질문에 여자는 당황했다. 잘 기억나지 않아 곤혹스러운 표정이었다.

급격한 기억력 쇠퇴. 플라스틱 중독증의 대표적인 증상 중 하나였다.

"……정진아요."

"나랑 같은 정 씨네요. 어디 정 씨예요?"

진아는 또다시 곤란해하며 인상을 썼다. 예인도 진짜로 궁금해서 물은 게 아니기에 토사물 묻은 수건을 구석으로 밀어두며 어색한 미소를 보냈다.

"곧 죽을 것 같아요. 아니 죽었으면 좋겠어요. 목이 타서 죽을 것 같아요. 물을 아무리 마셔도 해소가 안 돼요."

예인은 진아의 말에 어떤 위로 섞인 말도 해줄 수 없었다. 그녀를 이용해야만 이곳에서 나갈 수 있다는 생각에만 집중했다. 그녀에게 미약한 정신이나마 남아 있을 때 빨리 승낙을 얻어야 했다.

"진아 씨, 죽을 거라면 제가 대신 나가도 될까요? 당신 이름을 빌려서요."

"무슨 소리예요?"

"여기에 남은 지 20일은 지난 거 같아요. 갇혔어요. 멀쩡한데 갇혀서 나가지를 못해요. 저 좀 도와주세요. 도와주시면 뭐든 다 할게요. 돈이 필요하시면 얼마든지 드릴 수 있어요. 나가서 해야 할 일이 있어서 그래요."

진아가 다시 상체를 심하게 뒤틀더니 토기가 올라온다는 듯 두 손으로 입을 틀어막았다. 우에엑. 그녀의 몸에서 나온 소화되지 못한 플라스틱 덩어리가 손가락을 빠져나와 금세 나무 바닥 틈새로 스며들었다. 예인이 휴지를 건넸다. 자신의 토사물을 바라보던 진아가 입가를 정리하고는 어두운 얼굴로 말했다.

"조건이 있어요. 집에 혼자 있는 강아지 좀 챙겨주세요. 그거면 이름이고 뭐고 다 줄게요."

예인은 눈꼬리에 그렁그렁 맺힌 진아의 눈물을 닦아줬다. 그러고는 새끼손가락을 내밀며 약속했다. 강아지 이름이 뭐죠? 죽을 때까지 평생 책임질게요.

"삐삐요. 말괄량이 같거든요."

제 이름은 기억도 못 했으면서 강아지 이름은 바로 나오는구나. 죽어가던 진아의 얼굴에 잠깐 생기가 어렸다가 곧 사그라졌다.

다음 날, 진아는 눈을 뜨지 못했다. 예인은 관리자에게 알리는 대신 그녀의 옷으로 갈아입고 그녀가 힘겹게 말해준 개인정보를 곱씹었다. 오전 8시. 교대된

관리자가 들어와 방에 있는 인원을 살폈다. 겨우 고등
학생이나 됐을까 싶은 남자아이였다. 그는 눈을 뜨고
죽은 진아의 얼굴을 보고 사색이 되었다. 그렇게 죽은
시신은 처음 본 모양이었다.

"정예인이에요. 밤새 토하더니 죽었어요."

예인과 리코, 그 무엇도 알지 못하는 남자아이가
명단에 있는 정예인 글자 위에 동그라미를 쳤다. 곧이
어 들것이 왔다. 오전 9시. 예인은 진아의 작은 핸드백
을 돌려받고 체육관을 빠져나올 수 있었다. 확인한 날
짜는 10월 20일. 혼자 계산한 날짜와 무려 28일이나
차이가 났다. 두 달이 지나 있었다.

예인은 우선 진아의 집으로 향했다. 체육관에서
멀지 않은 곳이었다. 9평 남짓한 진아의 원룸은 플라
스틱을 섭취한 흔적으로 가득했다. 제자리에 놓인 물
건이 하나도 없었다. 삐삐는 현관문 앞에 얌전히 앉아
주인을 기다리고 있었다. 진짜 말괄량이처럼 생긴 하
얀 몰티즈였다. 예인은 냉장고를 열어 곰팡이는 슬었
지만 아직은 먹을 만한 과일 한 알을 꺼내 멀쩡한 부
분만 삐삐와 나눠 먹었다. 간만에 긴장에서 놓여난 예

인은 삐삐를 안고 집에서 나와 히치하이킹을 시도했
다. 두 시간여 끝에 예인 또래 남자의 차를 얻어 탈 수
있었다. 휴대폰을 빌려 충희에게 전화를 걸려고 했지
만 번호가 생각나지 않았다.

"검역소에서 나왔어요?"

영문 모르고 갇히는 그곳을 검역소라 부르는 모양
이었다.

"네. 통행 금지령은 풀렸나요?"

"아…… 오래 있다 나오셨어요? 여전히 밤 10시부
터 이동 금지긴 한데 이 정도도 뭐 감지덕지죠. 산 사
람은 살아야 하니까."

남자가 대답했다. 예인은 삐삐를 어루만지며 죽은
정진아의 명복을 빌었다. 남자는 이럴 때일수록 살아
남은 사람끼리 도와야 한다며 예인을 집 앞까지 태워
다 줬다.

예인은 아무도 반기지 않는 집으로 가는 대신 충
희네 집 파란 대문을 두드렸다. 그가 무사한지 내내
걱정했었다. 시간이 지나도 인기척이 없자 예인은 담
이라고 할 수도 없는, 무릎까지 오는 사철나무 사이
를 비집고 안으로 들어갔다. 내려달라고 낑낑대는 삐

뼈를 마당에 풀어줬다. 어쩐지 창문 하나가 반쯤 깨져 있었다. 그가 집 안에 없겠다는 예감이 강하게 들었다. 깨진 창문을 통해 안을 들여다봤다. 생각해보니 한 번도 충희의 집에 들어가본 적이 없었다.

바닥은 온통 신발 자국으로 지저분했다. 넓은 내부는 솜이 다 터져 나온 소파와 이불, 긴 6인용 테이블, 의자 두어 개가 전부였다. 아늑함과는 거리가 먼, 잠시 머물다 가는 나그네의 집처럼 보였다.

예인은 현관문 손잡이를 돌렸다. 끼익. 소리가 집 안 전체에 울려 퍼졌다. 안으로 들어가자 지독한 악취가 풍겼다. 썩은 시궁창 냄새와 플라스틱을 토했을 때 나는 냄새가 뒤섞여 골치가 아파왔다. 창문을 모두 열기 위해 소파 쪽으로 향하던 예인의 눈에 충전 중인 휴대폰이 보였다. 단종된 그 구형 휴대폰은 예인이 잘 아는 이의 것이었다. 예인의 두 손이 가늘게 떨렸다. 이게 왜 여기에……. 홈 버튼을 누르자 화면에 정원에서 노는 어린 예인의 사진이 떠올랐다.

예인은 어느샌가 충희가 나타나 교석의 휴대폰을 채갈까 봐 주머니에 넣었다.

"예인 씨, 죽은 줄 알았어요."

때마침 끝이 갈라진 충희의 쉰 목소리가 뒷전에서 들렸다. 그사이 턱수염이 텁수룩해진 충희가 뒷문에 서 있었다. 예인은 곁눈질로 소파 쿠션 아래에 있는 묵직한 총을 확인했다.

"죽긴 죽었어요."

말이 끝남과 동시에 예인은 즉각 쿠션 밑을 향해 손을 뻗었다. 충희가 그녀 쪽으로 뛰었지만 예인이 더 빨랐다. 언젠가 자신을 구했던 총이 지금은 자신의 손에 어색하게 들려 있었다. 방아쇠에 검지를 걸고 충희를 향해 총구를 겨눴다.

"할아버지 휴대폰이 왜 여기에 있어요?"

"내가 다 설명할게요."

그러나 그는 메마른 입술만 깨물며 쉽게 입을 열지 못했다. 둘러댈 말을 생각 중인 것 같았다. 빨리 말하라고! 예인이 허공에 대고 방아쇠를 당겼다. 탕. 생각지 못한 반동에 몸이 비틀거렸다.

"어쩔 수 없었어. 박사님을 죽인 건…… 하지만 당신도 나를 이해할 거예요."

충희는 거짓말 대신 이실직고를 택했다.

그러나 그 말이 예인을 더 화나게 했다. 검역소에

갇혔을 때 문득문득 충희를 떠올렸다. 갑자기 사라져버린 예인을 찾고 있을 충희 생각에 메시지라도 하나 남겨놓을걸, 얼마나 후회했는지 모른다. 어떻게 박충희 당신마저 나를 이렇게 비참하게 만드는 거지. 모두가 다 한통속이야. 플라스틱보다 무서운 건 인간이었다. 서로가 서로를 속고 속이고 증오하고 증오하지. 이태라의 말대로 인간은 쓸모가 없나 봐. 그래, 어쩌면 진짜로 다시 시작해야 하나 봐.

예인은 흔들리는 총신을 다잡았다.

"예인 씨, 총 내려놔요. 당신은 날 못 쏴."

"닥쳐!"

탕. 탕탕.

울컥. 충희의 입에서 검붉은 피가 쏟아졌다. 주황색 액체도 뒤이어 쏟아져 나왔다. 이런. 그는 이미 죽어가고 있었다.

실험체

"2026년 1월 7일 강남의 애비뉴호텔에서 당시 복지부 장관이었던 곽종화를 만나기로 했습니다. 일주일에 수천 명씩 플라스틱 중독으로 죽거나 다칠 때였습니다. 그 상황에 대해 논의하는 자리인 줄 알고 갔으나 장관은 없었습니다. 대신 플라스틱 제조 업체인 리코플라스틱의 회장 이순, 협진케미컬의 회장 서재영이 있었습니다. 떠도는 소문대로 저 정교석은 그 자리에서 거부할 수 없는 거액을 연구 기금으로 제안받았습니다. 5000억 원이었으며, 이후 열린 기자회견에서 그들이 원하는 대로 발표를 했습니다. 지금 태어나고 있는 세대는 플라스틱을 완전 분해할 수 있으며 그들을 다다른 신인류, 즉 플라스틱 세대라 부르기로 했다고요."

교석은 거기까지 말하고 카메라를 무겁게 응시했다. 교석의 감색 눈동자가 빛을 잃고 눈꺼풀에 가리어졌다. 고개를 푹 떨구었다. 그가 그렇게 작아 보인 적은 처음이었다. 예인은 노트북 화면에 손을 갖다 댔다. 그렇게 해서라도 교석의 어깨를 잡아주고 싶었다.

"지난날의 제 안일함과 무능함은 어떤 벌로도 용서받을 수 없을 것입니다. 저는 국가재난연구소 소장을 곧장 은퇴하고 인체의 플라스틱 완전 분해라는, 결코 다다를 수 없는 상태를 실현시키고자 연구에만 몰두했습니다."

그때, 화면 속에서 급한 발걸음 소리가 들렸다. 동시에 교석이 소리가 난 쪽에 시선을 두며 일어섰다. 자네…… 충희야. 이 말을 끝으로 교석은 화면 밖으로 사라졌다. 이윽고 무표정한 충희의 얼굴이 잠깐 화면에 나타났다가 영상은 끝났다.

예인은 이미 죽어가고 있어 뭐라 따져 물을 수도 없는 충희를 노려봤다. 그가 전에 지나가듯 말했던 피해자라는 단어가 떠올랐다. 그는 플라스틱 중독으로 누군가를 잃은, 교석 이기심의 피해자였던 것이다. 즉 일종의 복수를 행한 셈이었다.

예인이 쏜 총알은 충희의 허리와 팔뚝을 찢어놓았

다. 그러나 정작 충희는 다른 것 때문에 고통받고 있었다. 급성 플라스틱 중독. 집 안에 있는 거의 모든 플라스틱을 삼킨 후였다. 충희는 아직 총알이 한 발 더 남았으니 자신에게 쏴달라고 말했다.

"처음부터 죽일 생각으로 접근한 거야?"

"아니. 그랬다면 벌써 죽였겠지. 정 박사님이 내 아내와 아이들을 부검한 사람이기도 했고, 그 빌어먹을 것에 대해 알고 싶었어. 박사님이 가장 해박한 사람이니…… 뭐라도 알 수 있을 거라 생각했지."

우발적 살인이었다. 충희는 교석이 양심선언을 하는 장면을 우연히 목격하곤 긴 세월 눌러왔던 분노가 한순간에 폭발하여 그를 찔렀다. 예인은 할아버지를 죽인 범인이 충희라는 사실과 그의 당초 목적을 들은 뒤 오히려 놀랍도록 차분해졌다. 이태라에게 들었던 말은 결국 사실이었고, 할아버지는 그 돈을 연구하는 데 썼을 것이다. 설사 그러지 않고 스위스 은행의 비밀 계좌에 묶어놨대도 놀랍진 않을 것 같았다. 이미 이상한 일들이 잔뜩 벌어지고 있었다.

플라스틱 세대로 명명된 후, 그 이름에 걸맞게 얼마나 많은 이가 플라스틱에 노출되어 실컷 즐겼는가.

교석이 그날 그들과 거래하지 않았다면 일이 이 지경
으로 흐르지는 않았을 것이다. 충희는 달랐을 현재를
생각하면 교석을 용서할 수 없었다. 하지만 눈앞에서
부들부들 떨고 있는 예인이 안타깝기도 했다. 그녀만
이라도 제대로 살았으면 했다. 죽음을 앞두니 적개심
이 희미해졌다. 인간의 멸종이 얼마 남지 않았다. 살
거라. 원수의 딸인 너라도.

"혹시 할아버지를 원망하고 있다면 너무 그러지
마. 누구라도 다가올 미래는 예측하지 못하니까. 박사
님은 사는 동안 인간의 플라스틱 완전 분해를 실현시
킬 수 있을 거라 생각한 낙관주의자였을 뿐이야."

"그건 당신이 할 말이 아니지."

예인의 목소리 끝이 떨렸다. 예인은 그가 어째서
자신을 위로하려 드는 것인지 알 수 없었다. 교석은
당해도 쌌다. 그의 그릇된 욕망이 모든 걸 망쳤기에.

"원망할 시간에 네가 할 수 있는 걸 해. 다 봤잖아.
시간이 너무 짧다는 걸……."

충희가 피와 플라스틱이 섞인 토사물을 또 한 번
게워낸 후 힘겹게 말을 이었다.

"네가 돌려놔. 정예인, 넌 그럴 수 있어."

"내가 하긴 뭘 해!"

예인은 밑바닥에서부터 북받치는 증오의 감정을 주체하지 못하고 옆에 있던 노트북을 바닥에 집어던졌다. 이태라의 실체를 알게 되고 유일한 피붙이인 할아버지의 비밀까지 알게 된 마당에 내가 뭘 할 수 있겠어.

두 번의 배신. 아니. 세 번이지. 눈앞에서 죽어가는 충희까지. 예인은 더 이상 이 더러운 세상에서 꾸역꾸역 살고 싶지 않았다. 아아악. 예인은 바닥에 주저앉아 발을 구르며 소리 질렀다. 주먹을 쥐고 바닥을 쾅쾅 내리쳤다. 손가락 마디마디에 둔중한 아픔이 느껴졌다. 뒤이어 오히려 쾌감이 일었다. 벗겨진 살갗에서 피가 났다. 충희가 다가와 예인의 두 주먹을 꽉 감싸 쥐었다.

"놔!"

"정신 차려, 정예인. 박사님 영상은 네가 돌아오면 보여주려고 했었어. 잘못된 걸 바로잡아. 너 스스로에게 화살을 돌리지 마."

"갑자기 나 위하는 척하는 거 웃긴 거 알지?"

충희가 입꼬리를 올리고 씨익 웃었다. 고통에 찬 미소였다.

"너도 갑자기 이렇게 멍청하게 구는 거 웃겨. 똑똑한 정예인이……."

웃기다는 말이 무색하게 충희는 통증으로 몸을 구겼다. 더 이상 나올 것도 없는 모양인지 헛구역질을 했다. 그는 테이블 위에 있는 한 발 남은 자신의 총을 바라봤다. 예인이 자신 없어하며 고개를 내저었다.

"살 수 있어."

"충분히 살았어. 이제 그만 내 집에서 나가줘."

예인이 아랫입술을 깨물고 고개를 흔들었다. 그는 플라스틱을 더 구할 수 없을까 하다가 담을 넘어 예인의 집까지 들어가 플라스틱으로 된 것이라면 닥치는 대로 다 집어 먹었다고 했다. 퍼뜩 정신이 드는 날에는 이미 찢어져 너덜거리는 목구멍 때문에 타는 고통을 느껴야 했고, 그럴 때면 죽은 아내와 아이들의 환영이 스치고 지나갔다고 했다. 플라스틱에 중독된 사람은 증세가 본격적으로 발현된 후 평균 15일 이내에 죽음을 맞이했다. 예인처럼 중독을 벗어나 살아남은 케이스는 전체 중독자의 5퍼센트 미만이었다. 사는 게 지옥 같아. 충희는 지옥을 떠나 가족이 있는 곳으로 가고 싶다고 했다. 예인을 만났으니 자신의 임무는 다

한 거라고.

충희는 네 할아버지를 죽여서 미안하다고 용서를 구하지 않았다. 예인은 그게 고마웠다. 사죄를 한다고 해서 돌이킬 수 있는 일이 아니었고 사죄를 받을 수도 없는 일이었다.

충희는 피와 플라스틱 찌꺼기가 들러붙은 소파에 기대앉았다. 숨이 점점 거칠어졌다. 언제나 예인을 따스하게 바라보던 눈동자가 젖어 있었다. 그가 길게 눈을 감았다 떴다. 어서 가라고 고갯짓했다. 그의 파리한 얼굴이 억지 미소를 띠며 이렇게 작별하자고 말했다.

마당에서 지쳐 잠든 삐삐를 품에 안고 충희의 파란 집을 나섰다. 바람에 흔들리는 마른 나뭇잎 소리가 처연하게 들렸다. 그에게 피어올랐던 증오가 순식간에 사라졌다. 예인 자신도 놀랄 만큼 급격한 심경의 변화였다.

불현듯 예인이 뒤를 돌았다. 총을 두고 오는 게 아니었는데! 그렇게 되돌아가는 세 걸음 만에 대지를 울리는 총성이 들려왔다. 다리에 힘이 풀린 예인이 그대로 풀썩 주저앉았다. 쿵쾅거리던 심장이 쥐어뜯기는 것처럼 아파왔다. 이제 예인에게 남은 건 삐삐뿐이었다.

○

　정진아의 선물은 예인에게 예상치 못한 위안과 활
기를 주었다. 언젠가 흩뿌려두었던 유리 조각이 삐삐
의 보들보들한 발바닥에 박히자 예인은 곧바로 폐허
가 된 정원을 치웠다. 삐삐에게 해가 될 만한 것을 모
두 제거했고 먹을 것을 적극적으로 찾아 헤맸다. 이
미 수확 시기를 넘겨 노지에 굴러다니는 늙은 호박이
나 귤 따위를 주워 끼니를 해결했다. 교석이 팬트리에
쌓아둔 통조림이나 햇반, 크래커 같은 비상식량에는
손이 가질 않았다. 예인은 플라스틱으로 만들어진 모
든 것이 자신에게 가져올 해를 시시각각 의식하고 염
려했다. 삐삐는 몸통이 작은 것에 비해 먹성이 좋았고
'까까'라는 말을 알아들었다. 까만 두 눈동자를 볼 때
면 전 주인을 완전히 잊어버린 것 같았다. 예인은 밖
으로 나가지 않고 이렇게 삐삐와 함께 살아도 좋을
것 같았다. 삶을 추동하던 욕망이 물거품처럼 사그라
졌다. 그리고 자주 악몽을 꾸었다. 꿈속에서 자신의
시체가 한강에 떠다녔다. 버려진 쓰레기 더미와 함께
둥둥.

하루는 사방에서 긴 사이렌이 울렸다. 예인은 인적 드문 길 앞으로 차가 덜덜거리며 지나가는 소리에 긴장하여 바깥을 내다보았다. 제트기처럼 보이는 비행 물체가 시끄럽게 하늘을 나는 날도 있었다. 때로는 군용차 여러 대가 지나가기도 했다. 그들이 차를 세우고 집 안에 들이닥칠까 봐 긴장했지만 별일은 없었다.

부쉬놓은 티브이를 고치려고 노력했지만 허사였다. 예인은 기계 앞에서는 영 젬병이었다. 검역소를 빠져나올 때 받았던 정진아의 휴대폰 역시 온갖 번호를 조합해도 열리지 않았다. 예인은 하트 스티커가 붙은 손때 묻은 그 휴대폰을 물에 담갔다. 그걸로 세상과 단절되었다. 아쉽지 않았다. 가끔 충희의 시체를 치우는 게 좋지 않을까, 생각했지만 그뿐이었다.

○

"여기야."

예인이 꿈속에서 죽은 물고기 떼와 함께 속수무책으로 한강을 부유할 때 누군가 속삭였다. 여기 맞네, 좀 전에 들었던 목소리가 다시 말했다. 예인은 팔다

리를 허우적거리며 필사적으로 그곳에서 벗어나려고
했다. 하지만 잿빛 물고기에게 감염된 듯 예인의 몸이
축 늘어졌다.

하지 마! 질척하게 감겨오는 오수에서 가까스로
벗어났다. 삐삐가 소파 위에서 불안 가득한 눈으로 밖
을 바라보며 안절부절못했다.

여기라고 말한 목소리는 꿈속이 아닌 현실의 것이
었다. 남자들의 낮은 속삭임.

끼이익. 뭔가를 끄는 소리가 들렸다. 창고에서 나
는 소리였다. 도둑인가. 예인은 삐삐가 짖을까 염려되
어 창고에서 가장 먼 세탁실에 넣어두었다. 그리고 손
닿는 곳에 항상 두는 독일제 식칼을 들었다. 소파에
앉아 그들이 집 안으로 들어오길 잠자코 기다렸다. 언
젠가 한 번은 좀도둑이 들 거라 각오해서였는지 그다
지 당황하지 않았다.

그들은 생각보다 창고에 오래 머물렀다. 서너 명?
아니 예닐곱 명? 귀를 기울여 명수를 가늠했다. 여자
목소리는 들리지 않았고 전부 남자인 것 같았다. 예인
은 며칠 전인지 혹은 한 달 전인지 집 앞을 지나간 군
용차를 떠올리며 군인일 수도 있겠다고 생각했다. 그

렇게 한 시간이 흘렀다. 삐삐가 꺼내달라고 세탁실 문을 벅벅 긁기 시작했다.

"내부도 확인해보자고."

여기라고 말했던 목소리가 또다시 말했다. 잠그지 않은 현관문이 열렸다. 예인은 집주인의 위엄을 잃지 않고 그들을 맞았다. 다섯 명의 사내가 칼 든 예인을 보고 멈칫했다. 그들은 한눈에 봐도 예인보다 나이가 많았고 어딘가 샌님 같았다.

그들은 예인을 보고 귀신이라도 본 것처럼 깜짝 놀랐다. 맨 앞의 푸근한 인상을 가진 남자가 진정하라는 의미로 두 손을 들어 보이며 말했다.

"여기 사는 정예인 씨는 죽었다고 들었는데…… 누구시죠?"

예인은 말을 잊어버린 사람처럼 한동안 그들을 응시만 했다. 소파에서 일어나 한 발자국 다가가자 놀란 남자들이 어어, 당황한 소리를 내며 뒷걸음질 쳤다.

"……내가 집주인이에요. 나가세요. 안 그러면 죽이겠어요."

"정예인 씨?"

손을 든 남자가 믿을 수 없다는 듯 되물었다. 예인

은 조금도 경계를 풀지 않고 칼자루를 더욱 세게 쥐었다. 조금 더 어려 보이는 남자가 소리쳤다. 정예인 맞네. 맞아요. 남자의 확신에 모두가 놀라며 예인을 살폈다. 그들 앞에 서 있는 건 매스컴에 소개됐던 화려한 여자가 아닌, 총기 빠진 해쓱한 여자였다. 골반까지 내려오는 긴 티셔츠를 걸친 예인의 몸은 허깨비처럼 으스러질 듯 야위어 보였다.

예인이 식칼을 쥐고 흔들었다.

"죽인다고 했어요!"

"아니. 우리는 당신이 죽은 줄 알았어요."

"보다시피 안 죽었으니까 당장 꺼져요."

"저희 나쁜 사람들 아니에요. 연구소장님 지시를 받고 온 겁니다."

"……무슨 지시?"

예인의 질문에 그들이 서로 눈치를 보기 시작했다.

휘이익. 칼날이 허공을 가르자 그들은 문밖으로 일보 후퇴했다. 가장 앞선 남자가 허리춤에서 곤봉을 꺼냈다. 그의 손이 허공에서 부들부들 떨리자 예인은 자신도 모르게 큭 비웃음을 흘렸다. 남자의 얼굴이 시뻘게졌다.

"싸우고 싶지 않아요! 우리는 이 사태를 하루빨리 해결하고 싶을 뿐입니다. 이태라 쪽에서 가만있지 않을 거예요. 그 전에 정 박사님이 남긴 연구 자료가 있는지 찾으러 왔어요. 있다면 가져가겠습니다."

"이태라?"

잊고 있었던 이름이 기억의 수면 위로 떠오르자 예인은 움찔했다.

"네. 리코플라스틱의 이태라요. 어제 출소한 건 알고 계신가요?"

"……."

"모르셨군요. 무혐의로 풀려났습니다."

무혐의? 당황한 예인의 손에서 떨어진 칼이 낡은 바닥에 콱 박혔다. 모두 떨어진 칼을 쳐다만 볼 뿐 섣불리 나서지 못했다. 하나도 빠짐없이 얘기해줘요. 예인은 그렇게 말하고 턱짓으로 야외 테이블을 가리켰다. 아직 믿을 수 없었다. 그들은 서로 눈치를 살피더니 야외 테이블로 향했다. 창고에서 부산하게 몸을 움직인 남자들이 떠난 자리에서 진한 땀 냄새가 났다. 오랜만에 맡는 인간의 체취였다.

예인은 이태라를 만난 직후 현 연구소장인 오기혁

에게 문자를 보냈던 일이 생각나 그와 먼저 통화하고 싶다고 했다. 국가재난연구소의 10년 차 선임 연구원이라는 푸근한 인상의 황유신이 오기혁에게 전화를 걸었다. 그 역시 예인이 살아 있다는 사실에 놀란 듯했다.

"너무 늦게 답해서 미안하네. 그분이 로비를 받았는지는 모르겠네. 당시에도 소문만 무성했으니까. 다만 박사님에게 마지막으로 받은 메일을 토대로 뭔가를 찾고 있다는 것만 말해두겠네."

"그게 뭐죠?"

예인은 교석이 오기혁에게 메일을 보냈었다는 사실에 놀라 물었다.

"넌 기억나지 않겠지만 박사님이 아직 서울에 계실 때 꼬마인 너를 봤지. 네가 검역소에서 죽었다는 소식을 듣고 얼마나 마음이 아팠는지 모른다. 박사님의 실험이 완전한 실패였구나 생각했지. 그래도 연구 자료는 찾고 싶었다."

"내가 죽었다는 것과 할아버지의 실험이 무슨 관계가 있는데요?"

"아…… 예인아, 때가 때이니만큼 이젠 말해줘야

겠구나. 너는 네 또래와도 조금 다르다. 정 박사님은 널 대상으로 플라스틱을 완벽히 분해할 수 있는 인간을 만들고자 했다. 쉽게 말해 넌 살아 있는 데이터베이스이자 실험체였어."

하. 웃겨. 오기혁의 말을 듣고 예인은 헛웃음이 터졌다. 곧이곧대로 믿을 수 없으니 교석이 보낸 메일을 전달해달라고 했다. 오기혁은 잠시 생각하다가 지금 같이 있는 연구팀과 함께 온다면 보여주겠다고 제안했다. 길고 긴 내용이라 했다.

혼란스러운 얼굴로 불청객들을 바라봤다. 황유신은 그런 예인의 태도에 아랑곳하지 않고 원래 목적했던 바를 또박또박 말했다. 박사님의 방이나 서재를 보고 싶습니다. 연구 자료를 찾게 된다면 가져가고 싶고요. 물론, 실험체인 예인 씨도 함께 가주셔야 합니다. 싫다 하시면 강제로라도 데려갈 겁니다. 푸근한 그의 인상이 돌연 험상궂게 변했다. 예인은 얼빠진 얼굴로 비켜섰다. 그들이 집 안으로 들어가는 모습을 지켜보며 박힌 칼을 뽑았다.

예인을 지켜보던 교석의 눈이 떠올랐다. 남들이 다 무섭다고 말하는 두 눈동자가 예인에게만은 늘 따뜻하고 환했다. 묻어둔 기억이 두서없이 떠올랐다. 미국으로 떠나기 전날, 예인은 변기를 붙잡고 구토했다. 할아버지, 나 뭘 잘못 먹은 것 같아. 변기를 본 교석의 얼굴에 실망한 빛이 역력했다. 예인은 토사물로 가득 찬 변기통을 과도하게 진지한 얼굴로 들여다보는 교석이 이상하고 어쩐지 두려웠다. 변기 레버를 급하게 누르며 예인이 가볍게 웃었다. 뭘 그렇게 봐요, 민망하게. 교석이 주저앉은 예인을 일으켰다.

"너한테 못 할 짓을 했다. 온주가 나를 용서하지 않을 거야."

예인은 그 말을 지금껏 오해했다. 손녀를 유학 보내는 할아버지의 착잡함과 심란함의 표현인 줄로만 알았다. 단편적인 기억들의 아귀를 맞춰보던 예인은 집 안으로 들어가 짐을 싸기 시작했다. 대부분 삐삐의 물건이었다.

그들은 사과 상자에 교석의 방에서 챙겨 나온 서류들과 데스크톱을 챙겼다. 예인은 이미 갈 준비를 마쳤다. 이렇게 된 이상 자신이 실험체가 된 이유와 목적을 알고 싶었다. 진실을 향해 돌진할 수밖에 없었다. 떠나기 전, 예인은 황유신에게 한 가지 부탁을 했다.

　남자들이 맞은편 파란 지붕 집에 모여 땅을 파기 시작했다. 이미 부패된 시체에 구더기가 들끓었다. 예인은 마스크를 뚫고 들어오는 악취를 참으며 충희의 손에 들린 권총을 챙겼다. 둥글게 갈무리된 봉분 앞에서 예인은 짧게 울었다.

　너무 늦게 수습해서 죄송합니다.

　재난연구소로 향하는 길에 황유신은 예인에게 휴대폰을 건넸다. 정예인이 죽었다는 소식을 듣고 검역소에서 어렵게 빼돌린 것이었다. 예인은 가장 궁금했던 이태라에 대해 물었다. 어떻게 무혐의가 나올 수 있었냐고.

　"PAL이라고, 예인 씨도 잘 알 겁니다. 에코 워터와 캔디에 들어 있는 독성 물질이요. 신소재라 유해성을 판단하기엔 아직 기초 자료가 부족하다는 판결이었어요. 인과관계를 설명할 수 있는 충분한 연구가 이뤄지지 않았다고 본 거죠. 물론 그 이유만 있는 건 아니겠지만. 담당 판사가 세 번 바뀌었어요. 다 죽어서요. 국가비상사태 조치가 내려졌지만 움직일 수 있는 사람은 다 움직이고 있습니다. 살아남은 사람들은 하루라도 빨리 이곳을 떠나려고 해요. 인접 국가들이 국경을 걸어 잠그고 있어요. 거기서도 플라스틱 중독증으로 비슷한 증상이 나타나고 있으니 당연한 결과죠. 다 리코의 제품이 수출되고 있는 나라들이라는 점이 웃기고도 기막힌 점이고요. 지난주 국무총리와 법무부 장관이 공항에서 시위대에게 발이 묶였습니다. 사람들은 그들이 일부러 이태라를 풀어줬다고 보고 있어요. 협진, 제이앤코, 플로틱 대표도 전부 석방됐잖아요. 정부가 제 기능을 못 하는 이런 때 기능하는 건 역시 돈뿐이네요. 그 누구도 이태라가 무혐의라 생각하지 않습니다."

"결국 또 돈이군요."

예인의 말에 황유신이 고개를 끄덕였다.

"예인 씨가 죽었다는 검역소의 잘못된 발표가 오히려 다행스럽습니다. 아니었다면 이미 죽었을 거예요. 누군지도 모르는 사람 손에 말이죠."

예인은 광화문에서 겪었던 아귀다툼이 생각났다. 까마득하게 여겨졌던 그 일이 생생하게 떠올라 삐삐의 작은 몸을 꽉 안았다.

"이태라는 스피커예요. 석방된 직후부터 에코 워

터를 마시는 퍼포먼스를 하고 있어요. 무혐의로 판결
이 난 이상 인체에 무해하다는 걸 스스로 증명하고
다시 리코플라스틱의 공장 가동을 시작하겠다고 했
습니다. 매일 세 번 에코 워터를 마시는 챌린지까지
시작하겠다고 해서 비난받고 있지만요. 아무튼 지금
최고의 화제는 이태라예요. 무슨 속내로 그러는지 알
수가 없습니다."

예인이 아는 이태라는 현 세대를 몰살하는 게 목
표인 사람이었다. 극단적 방식으로 사람들을 죽이려
던 계획이 실패하면 그다음은……? 예인은 복잡해진
머릿속을 헤집으며 사망자 추이가 어떻게 되는지 물
었다. 정부의 마지막 공식 발표로는 2주 전 기준 대략
2000만 명이었다. 이후 대통령과 주요 관료들이 한
국을 뜨면서 재난 컨트롤 타워가 무너져 집계조차 안
되고 있다고 했다. 예인이 머물렀던 검역소도 시위대
와 범죄 집단의 습격을 받아 폐쇄되었다. 고속도로 곳
곳이 막혀 있어 연구원들이 트렁크에서 삽을 꺼내 길
을 냈다. 시체가 널브러져 있으면 하얀 모포를 꺼내
그 위에 덮어주기도 했다. 이 모든 상황에 적응한 듯
그들의 행동에는 한 치의 망설임도 없었다.

"그런데 당신들은 여기 남아서 뭘 하려는 거죠?"

"남은 가족이라도 지키려고 발악하는 중입니다. 정 박사님이 남긴 연구를 토대로 뭔가를 해보려는 사람들이죠."

"어리석은 사람들이군요."

예인의 말에 모두들 쓴웃음을 지었다. 황유신은 끝까지 한 줄기 희망을 놓지 않는 사람이었다. 이미 결말을 알고 있는 예인은 나설 수가 없었다. 교석은 마지막 동영상 말미에 결코 다다를 수 없는 허황된 연구에 매진했다고 고백했다. 예인이 피피를 먹을 때마다 질색했던 것도 교석 자신은 그 사실을 알고 있기 때문이었을 것이다. 예인이 플라스틱을 완전히 분해할 수 없다는 사실을 말이다. 실험체였다고는 하나 실패한 실험체였다.

"가서 절 해부할 건 아니죠?"

그들의 희망을 잿더미로 만드는 대신 예인은 가볍게 물었다. 본심은 숨기고서.

재난연구소는 그 옛날 교석이 소장으로 재직하던 시절보다 규모가 축소된 상태였다. K대학교에 지분의 일부를 넘겨 대학이 단과대 건물로 사용하던 곳을 연구소로 사용하고 있었다. 플라스틱 중독으로 사망한 시신들을 받아 표본 검사를 진행하다가 그마저도 수용 불가로 멈췄다고 했다. '관계자 외 출입 금지' 팻말이 입구를 포함해 사방에 덕지덕지 붙어 있었다. 여기저기 철조망이 쳐져 있었고 고압 전류가 흐른다는 경고판도 보였다. 다소 살벌한 첫인상에 찝찝한 느낌이 들었다. 황유신이 얼른 예인에게 변명하듯 말했다. 어디 회장이다, 보건소에서 나왔다, 하면서 환자며 시신을 마구잡이로 데리고 와서 어쩔 수 없었어요. 여기도 다른 곳과 마찬가지로 기능이 마비됐어요. 예인은 이미 기능이 마비된 곳에서 이들이 무엇을 하겠다는 건지 의심하며 고개를 끄덕였다.

로비에는 나이가 지긋한 남자 한 명이 서 있었다. 예인은 한눈에 그가 오기혁임을 알아챘다. 풍채가 좋았고 잘 차려입은 양복 안에 근육이 단단하게 자리 잡고 있었다. 그가 두꺼운 안경을 올리며 빙긋이 웃었다.

"멋지진 않은 곳이지? 와줘서 고맙네."

오기혁이 예인의 양손을 잡으며 말했다. 손길이 따뜻했다. 그는 직접 예인이 머물 숙소와 식당을 안내했다. 그다음 연구진이 플라스틱 팬데믹에서 살아남은 사람들을 연구하는 곳에 데려갔다. 이곳에서 실험 체인 예인을 추가로 연구할 예정이라고 했다.

"아무도…… 없네요?"

예인으로서는 도무지 알 수 없는 지표와 시스템 패널, 여러 대의 모니터, 크기별로 분류해둔 너들이 보였다. 그러나 정작 연구원들은 없었다.

"내가 정교석 박사님의 또 다른 연구 자료를 찾아오라고 보냈으니까."

오기혁이 대답했다. 예인과 함께 돌아온 다섯 명의 사람들이 담당 연구진이었다. 예인은 교석이 오기혁에게 보낸 메일을 그제야 확인할 수 있었다. 지난 20년 간 써 내려간 한 인간에 대한 기록이 빼곡했다. 예인이 태어나 미국 땅을 밟기 전까지 겪은 여러 시행착오가 담긴 방대한 연구 기록이었다. 첨부 파일 용량만 해도 1테라바이트에 달했다.

당부할 것은 실험체였던 내 손녀에게 이 사실을 알리지 않는 것입니다, 라는 문장으로 메일은 끝났다. 이게 다인가. 당사자 동의 없이 실험을 진행한 것도 모자라 어떻게 끝까지 사실을 숨기려 한 건지 기가 찼다.

"지푸라기라도 잡는 심정으로 정예인을 찾았지. 박사님의 당부가 있었지만 지킬 수 없었어. 플라스틱 반응성 테스트를 수십 년간 거친 유일한 몸이니까. 우리에게 자네는 억만금의 가치가 있는 사람이야."

"제가 그렇게 대단한 사람이었군요. 할아버지에게 절이라도 해야겠어요."

예인이 비꼬며 말했다. 오기혁은 예인의 날 선 태도에도 그저 미소를 지어 보였다.

숙소로 돌아온 예인은 황유신에게 삐삐를 부탁한다는 말과 함께 교석의 생전 고백 영상을 보냈다. 그리고 오랜 시간 공들여 목욕을 했다.

검역소에서 탈출하지 말고 거기서 죽었으면 좋았을걸. 예인은 거울 속 자신의 얼굴을 바라보며 생각했다. 죽음 이후에는 어차피 소멸뿐. 예인은 샤워 커튼을 봉에 감았다. 자신의 머리가 들어갈 만한 원이 만들어졌다. 예인은 좋았던 순간들을 떠올리려 애썼다. 생의 마지막 순간에 옛일이 주마등처럼 스친다던데 그런 건 없었다. 그저 할아버지가 너무너무 미웠고, 오기혁이 말한 데이터베이스이자 살아 있는 실험체인 자신의 몸이 싫었다. 더 이상 견딜 수가 없었다. 예인은 감긴 커튼에 다가섰다.

○

　　원래 예인은 서울을 벗어나 본가에 머무는 것을 좋아했다. 독립적인 할아버지와 그를 똑 닮은 손녀는 서로에게 좋은 동거인이었다. 플랫폼기획팀에서 기획실로 빠른 승진을 거듭하기 전까지 예인은 틈만 나면 본가로 향했다.

　　기록적인 폭우가 쏟아질 예정이라는 기상청의 예보도 가볍게 무시했다. 올 때는 괜찮았는데 서울로 돌아가는 길이 험했다. 불과 몇 초 동안 번개가 수십 번이나 쳤다. 예인은 출발한 지 10분도 안 되어 차를 갓길에 세웠다. 하늘에서 갑자기 쏟아진 흙더미가 앞 유리창 전면을 뒤덮었다. 무슨 일인지 깨닫기도 전에 이번엔 바윗돌이 들이닥쳤다. 놀란 예인이 황급히 차에서 내렸다. 도로를 둘러싼 산에서 산사태 조짐이 보였다. 발목까지 물이 차올랐다. 예인이 교석에게 전화를 거는데 마침 뒤에서 번쩍거리는 불빛이 보였다. 헤드라이트가 예인을 향해 강력한 불빛을 쏘았다. 손녀

가 걱정된 교석이 뒤따라왔던 것이다. 비 다 지나가고
가라니까. 교석은 그 와중에도 잔소리를 하며 예인을
차에 태웠다. 회사 일에 왜 그렇게까지 목숨을 거냐고
타박했다. 본가에 도착한 예인은 이태라에게 연락해
화상 회의를 해야 할 것 같다며 상황을 설명했다. 옆
에서 화면을 지켜보던 교석이 낮게 물었다.

"저 여자가 네 보스냐?"

예인이 고개를 끄덕이며 자랑스럽다는 듯이 대답
했다.

"진짜 멋있지?"

교석은 대답하지 않고 집 밖으로 나갔다. 우비를
쓴 채 배수로를 살피고 땅을 다졌다. 이상한 점은 없
었다. 예인은 무사히 화상 회의를 마쳤다. 다만 서울
로 나가는 유일한 길목이 산사태로 막혀버리고 그 길
목에 세워둔 차도 오리무중이었으며, 태풍이 연달아
몰아치는 바람에 거의 보름간 본가에 머물러야 했다.
예인이 성인이 되고 나서 그 집에 가장 오래 머문 때
였다.

보름 내내 교석은 예인에게 회사를 그만두라고 했
다. 밑도 끝도 없는 종용에 예인은 문을 잠그고 교석과의 대화를 피했다. 하루라도 빨리 비가 그치길 바랐다.

"……아는 과학 전문 기자가 있었다. 모험심이랄까 도전적인 태도가 눈에 띄는 어린 여자애였어."

문밖에서 갑자기 들려오는 교석의 목소리에 예인은 하던 일을 멈추고 귀를 기울였다.

"지나치게 열정적이었어. 뭐든지 다 캐고 다녔어. 연구소를 제집 드나들듯 드나들었다. 하루는 내 발표가 거짓이 아니냐면서 나를 붙잡고 늘어졌어. 주장에 대한 정확한 근거를 알려달라고 했지만 일개 기자에게 보여줄 수 없다고 딱 잘라 말했다. 그 애가 웃더라. 마치 그럴 줄 알았다는 듯이. 그러더니 자기가 한번 돼보겠대."

"뭘요?"

궁금증을 참지 못하고 예인이 안쪽에서 물었다.

"자기가 플라스틱 세대가 되어보겠다고 했어……. 플라스틱 세대가 유전자 변형의 결과물이라면, 자기 유전자도 그렇게 바꿔달라는 거였지. 가능한지 알고 싶댔어. 다 죽어나가는 상황에서 용감한 건지 아니면 삶을 포기하고 싶은 건지 알 수가 없더구나. 자원자를 뿌리칠 수 없었다. 나는 그렇게 실험을 시작했다. 죽지 않기만을 바라면서…….”

예인이 본가에 발을 끊은 게 그때쯤이었다. 어쩌
면 교석이 알고 싶지 않은 비밀을 말할까 봐 자기도
모르게 피하고 있었던 걸지도 몰랐다. 교석은 손녀에
게 고백할 기회를 기다리고 있었던 것 같기도 했다.
간직해온 비밀을 끝내 사람이 아닌 휴대폰에 털어놓
을 때 교석의 심정은 어땠을까.

예인은 눈을 떴다. 세찬 비가 창문을 두드리고 있
었다. 마치 예인을 다급히 깨우는 노크 소리 같았다.
숙소는 마지막으로 본 모습과 똑같았다. 예인의 손등
에 연결된 링거액이 똑똑 떨어지고 있었다. 예인은 정
면에 달린 작은 LCD 모니터를 켰다. 화면에 빨간 원
피스를 입은 이태라가 등장했다.

“그 사람에게는 플라스틱 부작용이 나타나지 않
았어. 내가 설계한 실험으로 빚어낸 최초의 성공적인
모델이었지. 다만 지나친 완성도가 문제였어. 플라스
틱 그 자체가 되었거든. 그래, 그것도 부작용이라고
할 수 있겠지.”

그날 저녁 교석이 들려준 이야기가 또렷이 기억났

다. 화면 속에서 이태라는 자신을 향한 수많은 마이크에 대고 뭔가를 말하고 있었다. 스피커가 연결되어 있지 않아 예인은 그녀가 뭐라고 하는지 알 수 없었다. 그런 건 중요하지 않았다. 이태라가 교석을 아주 잘 알고 있었던 것부터 플라스틱 팬데믹을 거치고도 그녀가 여태껏 살아남은 것, 그날 교석이 꺼냈던 피실험자 이야기까지. 어지럽게 흐트러져 있던 큐브가 정확한 색을 맞춰갔다.

교석의 첫 번째 실험체는 예인이 아니었다.

한때 과학 전문 기자였고 지금은 기업가가 된 이태라였다. PAL이 든 에코 워터를 보란 듯이 마시며 웃던 얼굴이 떠올랐다. 플라스틱의 완전 분해 실험은 실패했다고 했는데……. 이태라의 생존은 무얼 의미하는 것인지.

표면적으로는 성공이긴 했다.

교석은 이태라가 플라스틱을 분해할 수 있게 됐다는 걸 확인했다. 동시에 부작용도 확인했고. 그 사실을 깨닫고 두 번째 실험체였던 내게는 같은 실수를 반복하지 않으려다 결국 실패하고 만 것이었다. 실험의 피해자이기도 한 이태라는 사람을 벌레만도 못한 쓰레기로 여겼다. 모든 인간을 환경 파괴자로 여겼다. 그때, 이태라에게 식이 플라스틱만큼 자신에게 친숙하고도 좋은 살인 도구는 없었을 것이다. 교석이 이태라에게 신무기를 쥐여준 셈이었다.

"깼어요?"

황유신이 예인의 두 눈에 차례로 펜라이트를 비추며 동공반사를 확인했다. 이태라에게 향해 있던 시선을 거둔 예인은 황유신을 바라봤다. 예인이 정신을 잃은 동안 줄곧 옆을 지킨 듯 침대 아래에는 베개와 모포가 놓여 있었다. 예인이 마지막으로 본 것은 시리게 밝은 화장실 형광등이었다. 그 이후로는 기억이 끊겼다.

"그런 선택을 하실 줄은 몰랐습니다. 저희 모두 충격을 받았습니다."

"죄송해요."

한동안 두 사람은 말이 없었다. 예인은 하얀 천장을 보며 먼저 떠난 사람들을 생각했다.

"제가 뭘 할 수 있을까요? 당신들의 희망이 꺼져가는 걸 보고 싶지 않았어요. 이미 너무 많이 봐왔거든요."

다소 격앙된 예인을 황유신이 측은한 눈빛으로 바라봤다. 그의 축 처진 어깨가 약간 침울해 보였다. 바로 이런 것, 예인이 보고 싶지 않았던 장면이었다. 이제 더 이상 삶에 아무 미련이 없었다. 그래도 말라버린 줄 알았던 눈에서 눈물이 비어져 나왔다.

"좀 쉬어요."

황유신이 자리를 피해줬다. 그러자 참았던 울음이 터졌다. 어흐흐흑. 뭐가 그리 서러운지 악을 쓰듯 울었다. 복도에 울려 퍼지는 울음소리에 연구원들이 하나둘 방에서 나왔다. 다른 연구원과 함께 있던 삐삐가 길고 구슬픈 하울링을 했다. 어느 순간 울음소리가 그치고 우당탕 뭔가 부서지는 파열음이 났다. 황유신이 황급히 예인의 방으로 다시 들어갔다. 예인의 앞에 있던 LCD 모니터가 뜯겨 있었다. 모니터에서는 여전히 이태라가 웃고 있었다. 울어서 얼굴이 붉게 달아오른 예인이 모니터를 내려다보며 말했다.

"살려줘서 고마워요."

○

갯벌은 심한 악취를 풍겼다. 잠시도 견디기 힘들 정도로 썩은 내가 진동했다. 예인은 조개껍데기를 집었다. 예쁜 무늬가 외피를 수놓고 있었지만 생명의 흔적일 뿐이었다. 미물마저 모두 죽었다. 예인은 코를 움켜잡고 내려왔던 길로 다시 돌아갔다. 한참 전에 이곳은 조개와 작은 게들이 터를 잡고 살던 곳이었다. 철썩이며 들어오는 바닷물은 흙색이 된 지 오래였다. 그 안의 어떤 것도 비치지 않았다. 갯벌 가장자리를 따라 오종종하게 형성되어 있던 상권 역시 죽은 지 오래였다. 조개구이원조집, 조까세, 조개세상 등 간판은 건재했지만 사람 하나 지나다니지 않는 풍경은 을씨년스러웠다.

연구소 기숙사에 틀어박혀 지내다 제대로 밖으로 나온 건 이때가 처음이었다. 자살 시도 이후 연구소 직원들이 눈에 띄게 예인을 어려워하는 통에 예인은 거의 숨죽여 지냈다. 황유신이 하루에도 몇 번씩 찾아와 산책을 제안했다. 햇볕을 쬐면 세로토닌이 생성되어 우울증에 좋아요. 잠도 잘 올 거고요. 황유신은 예인이 잠도 거의 자지 않고 노트북 앞에서 시간을 보내는 것을 알고 있다는 듯이 말했다. 예인은 그런 그에게서 자꾸 충희의 모습이 보였다. 참견 잘하고 배려심이 기본으로 깔려 있으나 속을 알 순 없는 부류.

예인은 새롭게 세운 계획을 결코 황유신에게 말하지 않을 생각이었다. 갑자기 차를 빌려달라고 하자, 황유신은 차 키를 내밀며 말했다. 돌아올 거죠? 이유를 묻지 않는 게 고마웠다. 말을 지어낼 여유가 없었다. 예인은 전과 다르게 조급하고 예민했다. 생존에 위협을 느껴 항상 코너에 몰린 실험실 쥐처럼 겁에 질려 있었고 뾰족한 성미가 자주 드러났다. 그럴 때마다 자신에 대한 실망이 자연스럽게 따라왔다.

예인은 누군가 먹으려고 시도한 탓에 군데군데 잇자국이 나 있는 플라스틱 의자에 앉았다. 플라스틱을 먹으려 너도나도 싸우는 난리 통에도 플라스틱이라는 물질 대부분은 제 형태를 견고하게 유지했다. 그것을 먹으려 달려든 인간들만 죽어나갔다. 광분해되는 플라스틱이 뜨거운 햇빛을 받아 허물어지는 데는 1000년의 시간이 필요할 것이다. 아니 그보다 더 걸릴 거야. 성난 잇자국을 손으로 만져보며 예인은 무한

이란 시간을 상상해보았지만 잘되지 않았다. 햇살 아래서 플라스틱 의자보다 예인이 먼저 허물어지고 있을 즈음 멀리서 클랙슨이 울렸다. 빵빵빵. 빵빵. 반가움이 한껏 담긴 소리였다.

"실장님!"

성근은 차에서 내려 손수 차 문을 열어주었다. 우연찮게 검역소에서 만났을 때보다 훨씬 밝아 보였다. 풍성하던 머리카락이 많이 빠져 이마가 훤해진 것 말고는 달라진 게 없었다. 달라진 건 예인 쪽이었다. 푸석푸석한 낯빛과 음울한 기운을 털어내지 못하고 있었다.

"어떻게 절 찾아내신 거예요? 아니 그것보다 방법을 찾으신 거예요?"

성근의 물음에서 기대감이 느껴졌다. 예인은 그가 말한 '방법'이 무엇을 의미하는지 기억을 더듬었다. 도무지 떠오르질 않았다.

"그때, 실장님이 플라스틱 중독 사태를 막을 방법을 찾겠다면서 탈출하셨잖아요. 사망자 명단에서 실장님 이름을 발견하고 우리끼리 다시 한번 감탄했습니다. 그렇지, 이게 정 실장님이지! 하고요. 이후로 우리 직원들도 빠져나가려고 했지만 실패했어요. 정부에서 포기해서 다행이지, 평생 거기서 살다 죽을 뻔했다니까요."

"그렇게 됐을리가요."

예인은 짧게 대답했다. 탈출 이후 중독 확산을 막겠다는 의지는 잊어버리고, 할아버지 집에서 죽을 날만을 기다렸던 지난날이 떠올랐다. 예인은 성근을 똑바로 볼 수가 없었다. 그때와는 모든 게 달라져 있었다. 성근이 곁눈으로 예인을 살폈다.

"얼굴이 많이 안 좋아요. 실장님."

"요새는 어떻게 지내세요?"

"저…… 결혼했어요. 이 시국에 대단하죠?"

그의 얼굴에 부끄러움이 깃들었다가 금세 사라졌다. 죽은 기수를 안고 함께 교석의 집에 갔던 때가 엊그제 같은데……. 함께 죄를 짓고 있다는 두려움보다 슬픔이 더 컸던 그 밤으로부터 너무나 멀리 왔다. 예인이 상념에 잠겨 말이 없자 오해한 성근이 난데없이 사과했다. 거기다 대고 예인은 아니라는 말도 못 했다.

둘이 만난 곳에서 성근의 집까지는 10분도 채 걸리지 않았다. 근처에 다다르자 바깥에 홀로 서 있는 여자

가 눈에 들어왔다. 분위기가 기수와 굉장히 닮은 여자
였다. 예인은 한눈에 그가 성근과 결혼한 사람이라는
것을 알았다. 두 사람은 예인을 반지하로 안내했다.

누구의 집이었는지도 모르고 살게 되었다는 반지
하 보금자리는 허물어진 외관과 다르게 구색이 잘 갖
춰져 있어 아늑했다. 싱크대에 걸린 행주, 빛을 향해
뻗어나간 넝쿨식물, 냉장고에 붙여둔 두 사람의 폴라
로이드 사진들. 오랜만에 보는 생활감 묻어나는 풍경
에 예인은 말을 잃었다. 기분이 풀썩 가라앉으며 슬퍼
졌다. 어디서부터 말을 해야 할지…… 성근은 검역소
에서 탈출할 때 만난 아내와 함께 낮마다 인근을 돌
아다니며 쓸 만한 것을 주워 온다고 했다. 필요한 것
을 분류하고 재가공해 원시시대처럼 사는데 그다지
나쁘지 않다며 허허 웃었다. 성근의 웃음에 예인은 자
연스럽게 기수를 떠올렸고 그러자 무언가가 속에 얹
힌 듯 불편했다. 예인은 더 미루다가는 힘들게 성근을
찾아와놓고 빈손으로 돌아가게 될 것 같아 서둘러 본
론을 꺼냈다.

"리코 공장 다시 가동되는 건 알고 있으시죠? 저
는 성근 씨가 공장을 다시 다녔으면 합니다. 제가 들

어가고 싶지만, 저는 안 되니까요."

"거길 다시 들어가라고요?"

예상대로 성근의 표정이 딱딱하게 굳었다. 옆에 앉아 있던 아내에게 자리를 피해달라고 했다. 아내는 예인을 적대적인 눈빛으로 바라봤다.

"거기로 들어가라는 건 우리더러 죽으라는 얘기예요."

성근의 아내는 그 말을 남기고 밖으로 나갔다.

"저도 아내와 같은 입장이에요. 그 시절을 떠올리고 싶지도, 휘말리고 싶지도 않아요. 이태라가 공장을 다시 돌리든 말든 저랑 이제 상관없는 일이고요. 어차피 다 망해버렸는걸요. 여기서 살다가 언젠가 죽겠죠. 몇 개월? 길면 몇 년? 남은 시간 동안만이라도 소소한 행복을 느끼다 갈 겁니다."

예인은 성근이 이 작은 반지하에서 행복을 느낄 수 있다는 것이 부러웠다. 막상 찾고 보니 잘 지내고 있는 성근을 굳이 위험한 곳으로 내몰 자격이 자신에게 있는지 확신이 서지 않았다. 당연히 자격 같은 건 없었다. 그저 예인이 믿고 일을 맡길 수 있는 인물이 그뿐이라는 게 유일한 이유였다. 회사에서 내쳐진 후,

기획실 부하 직원들은 모두 예인을 내부 고발자 보듯
했으니까.

예인의 계획은 그를 설득해 공장에 보낸 뒤, 이태라
에 관한 정보를 빼내어 그녀를 무너뜨리는 것이었다.

"몇 개월, 몇 년이요? 성근 씨, 제가 지금 어디서
온 줄 아세요? 국가재난연구소 사람들한테 구조돼서
지금 거기에 머물고 있어요. 굳이 성근 씨를 찾아와
다시 리코에 가라고 하는 건 그 회사에 다녔던 우리
에게 이 사태를 종식시킬 의무와 책임이 있어서예요.
게다가 연구소에서는 치료제를 개발 중이에요. 만들
어지기만 하면 금방 상용화되어 우리는 언제 그랬냐
는 듯이 일상을 즐길 수 있을 겁니다. 그러니까 몇 개
월, 몇 년으로 단정 짓지 마세요. 훨씬 더 긴 삶이 남
아 있어요."

거짓말해서 미안합니다. 말을 마친 예인이 흔들리
고 있는 성근에게 속으로 용서를 빌었다. 그는 이용당
할 것이다. 기수와 아이가 죽고 난 뒤에도 누구보다
살고 싶어했던 사람이었다.

"……희망을 갖는 게 너무 두려워요."

"이해합니다. 하지만 희망이 아니라 저는 사실을

말하고 있는 거예요."

예인은 스스로의 뻔뻔함에 짧게 웃음을 흘렸다. 그리고 덧붙였다. "인간이 극복하지 못한 고난이 있었나요? 말해보세요. 콜레라, 이질, 코로나, 원전 폭발까지. 지구가 존재하는 한 인간은 끝까지 살아남아요. 빙하기가 오거나 소행성이 충돌한다 해도, 인간은 잠시 화성으로 탈출했다가 다시 돌아와서 지구를 끝까지 괴롭힐걸요."

"실장님 방금 사이비 교주 같았어요."

성근의 농담에 두 사람은 함께 웃었다. 그 웃음 뒤에 남은 건 소리 없는 절망이었다. 예인은 이 거짓말에 성근이 속아주지 않는다면 기수의 일을 꺼내어 이젠 그가 빚을 갚을 차례라고 말하려 했다. 예인이 할 수 있는 가장 비열한 방법이었다.

오랜 침묵 끝에 성근은 공장에 다시 나가겠다고 말했다. 치료제가 만들어지고 있다는 말에 희망을 건 것일까. 어째서 인간의 희망은 이렇게나 얄팍하고 쉬울까.

"제가 돌아가서 해야 할 일이 뭐죠?"

"제가 생각할 때 이태라의 목적은 지금 이 사태를

더 키우는 거예요. 사람들에게 에코 워터와 에코 캔디를 더 팔아서 남아 있는 이들마저 없애고 싶은 거예요. 논란이 됐던 물질 PAL을 빼고 제조하겠다고 발표했지만 절대 빼지 않을 겁니다. 그게 핵심이니까요."

"그 증거를 찾아와라, 이 말이군요?"

"네. 문서든 영상이든 뭐든 다 좋아요. 그것으로 이태라의 악행을 세상에 내보일 거예요. 리코의 묵인과 방조도 함께요."

"가능할까요? 밝혀지더라도 처벌은 어려울 텐데요."

"물론이죠. 당분간 공식 재판은 열리지 않겠죠. 대신 저는 사람들이 이태라를 가만두지 않게 만들 거예요. 라디오든 유튜브든 증거를 퍼뜨리면 이태라는 더 이상 옴짝달싹할 수 없어요. 어디를 가나 그녀를 죽이고 싶어하는 사람들로 득시글할 테니까요."

확신에 찬 예인의 태도와 달리 성근은 다시 말이 없어졌다. 계획이 별로 내키지 않는 건가. 예인이 긴장한 채로 성근을 살폈다.

"내가 이태라를 잡아다가 기계에 넣어 갈아버리는 게 더 빠르지 않을까 생각 중입니다."

성근의 말에 예인이 피식 웃었다. 예인도 그런 생

각을 하지 않은 건 아니었다. 어차피 치안은 무너졌고 살아남은 센 놈들이 패거리를 이루어 도시를 점령했다. 살인이 아무렇지 않게 일어났고 모두들 소매 안쪽에 칼 하나씩을 차고 다녔다. 살해당해 죽으나 플라스틱 중독으로 죽으나 어차피 죽기에 원인을 규명할 필요도 없었다. 거리에서 죽은 이들은 그 인근에 모아져 화장됐고 날이 궂으면 한꺼번에 트럭에 실려가 구덩이에 매장됐다. 그의 말대로 까짓것 그냥 죽이는 게 더 편한 방법일지도 몰랐다.

"그럴 수 있으면 그러세요. 그런데 실패할 경우 성근 씨가 당할 겁니다."

그때 예인의 눈에 창문 밖에서 서성거리는 여자의 발목이 보였다. 앙상했다. 그녀는 어디 가지도 못하고 두 사람의 대화를 엿듣고 있는 모양이었다.

"아내 분은 살아남으신 건가요?"

"아직…… 발현되지 않은 것 같아요. 저랑 똑같이 시한폭탄인 셈이죠."

성근은 이번에도 아내를 살리고 싶은 모양이었다. 치료제가 나올 거라는 예인의 말에 희망을 걸고 있을 그의 심정이 이제야 이해가 되었다.

사실 시한폭탄을 멈출 수 있는 버튼은 없어요. 운명을 기다리는 수밖에요.

예인은 조용히 고개를 끄덕이고 성근과 악수했다. 배신의 악수였다. 집을 나오며 바깥벽에 기대어 있던 성근의 아내와 마주쳤다. 밝은 데서 보니 훨씬 더 어려 보였다. 스무 살이 조금 넘었을까 싶은 앳된 얼굴이었다. 영특해 보이는 눈동자가 예인을 뚫어져라 바라봤다. 나는 당신 안 믿어. 그녀는 그 말을 남기고 성근이 있는 곳으로 들어갔다.

잔물결

예인은 폐업한 편의점 뒤편에 있는 쓰레기통 옆 흙바닥을 뒤져 성근이 숨겨둔 종이 한 장을 꺼냈다. 공장 업무 일지였다. 리코의 공장들이 분노한 사람들에 의해 불타버린 상황에서 직원들은 그나마 형체를 보전한 제2공장으로 하나둘 출근하기 시작했다. 기존 직원의 약 10분의 1이 재입사했다고 회사는 발표했다. 생각보다 큰 숫자였다. 통계상 살아남은 직원들이 거의 모두 공장으로 돌아갔다고 봐도 무방했다. 제2공장장이었던 조승진이 일찍이 사망하며 제1공장장이었던 서봉재가 그의 자리를 대신했다. 가동 가능한 라인은 세 곳뿐이었지만, 그것만으로도 사람들의 이목을 끌기에는 충분했다. 사회 시스템이 붕괴된 세상에서 유일하게 자리를 잡아나가는 곳처럼 보였기 때문이다. 월급을 주는 회사가 없어졌고 따라서 거의 모든 사람이 눈앞의 생존에만 급급한 상황이었다.

반응은 이태라가 생각한 것 이상으로 긍정적이었다. 공장 입구는 소문을 듣고 온 사람들로 연일 장사진을 이뤘다. 몇 년 만에 열리는 축제처럼 번잡했고 활기가 돌았다.

"오늘은 안 올 것 같네요. 가요."

공장에서 멀리 떨어진 곳에 차를 대고 이태라가 나타나길 기다리던 예인이 말했다. 황유신의 생각도 마찬가지였다. 예인의 외출이 잦아지면서 황유신은 어디든 자신과 함께 가야 한다고 못 박았다. 오기혁의 부탁이기도 했고 단독 행동은 연구소 전체를 위험에 빠트릴 수 있었기에 유신도 그러고 싶었다. 예인도 마지못해 따랐다. 전과 다르게 연구팀 내부는 빠르게 분열하고 있었다. 치료제 개발 속도가 갈수록 떨어졌고, 일부는 정교석의 고백 영상을 접한 후 예인을 대놓고 싫어했다. 저주받은 핏줄. 평소 인사를 트고 지냈던 젊은 여자 연구원의 싸늘한 말을 들은 날, 예인은 펄떡펄떡 뛰는 심장을 부여잡고 잠시 숨을 골라야 했다. 악플이나 악담 같은 건 익숙해지지 않는 성질의 것이었다.

어떻게든 생활은 해야 했기에, 예인은 이런 연구

팀 내부의 분위기를 모르는 사람처럼 평온한 체했다. 삐삐와 함께 캠퍼스 뒤뜰을 산책하고 식당에서 나오는 조촐한 식사를 말끔히 비웠다. 나머지 시간은 숙소에 틀어박혀 이태라가 가끔씩 언론에 뿌리는 말과 동향을 살폈다. 성근은 공장만 들어가면 금방 이태라를 마주칠 거라고 생각했지만 기대와 달리 이태라는 단한 번도 모습을 드러내지 않았다. 직접 공장을 돌리겠다고 한 발표는 거짓이었다. 이태라의 부재와는 상관없이 매일매일 생산된 피피들이 트럭에 실려 어딘가로 빠져나갔다.

예인은 성근이 남긴 일지를 들여다봤다.

아침 조회, 13시 1라인 성형기 고장, 14시 점심, 15시 2라인 여과기 고장, 15시 30분 직원 열여덟 명이 급성 플라스틱 중독으로 조퇴.

뒤늦게 중독 증상이 발현되어 공장을 떠나는 직원 수가 꾸준히 늘었다. 예인은 일지를 파일에 순서대로 모았다. 이대로 가다간 진짜로 성근까지 위험해질 터였다. 그에게도 언제 증상이 나타날지 알 수 없었다.

특이한 점은 생산된 에코 캔디와 에코 워터를 시중 어디서도 볼 수 없단 것이었다. 행선지를 알기 위해서는 트럭을 쫓아야 했다. 예인이 일어나 방을 나섰다. 언제부터 서성대고 있던 건지 오기혁이 문 앞에서 계면쩍게 웃었다.

"잠깐 들어가서 얘기 좀 해도 되겠나?"

예인은 그가 들어올 수 있도록 비켜섰다. 황유신에게서 그가 걱정하고 있다고는 들었지만 회복하고 그를 마주친 적은 없었다. 이 좁은 건물에서 한 달 동안 얼굴이 보이지 않자 예인은 오기혁이 자신을 껄끄러워한다는 것을 눈치챘다. 그의 부푼 꿈을 한순간에 망가뜨리려 했으니 실망하는 것도 당연했다. 오기혁은 창가로 다가가 바깥 풍경을 바라봤다.

"죄송합니다. 소장님. 제가 과했습니다."

예인이 황망히 말했다. 혹시나 그가 이곳에서 나가라고 할까 봐 겁이 났다. 예전 집으로 돌아가고 싶지 않았다. 그곳은 이제 무덤처럼 느껴졌다.

"내가 실수했네. 박사님의 당부를 무시하고 네가 실험체였다는 것을 말해버렸으니…… 내 잘못이 커."

긴 침묵이 이어졌다. 예인은 그의 등에 스며드는

어둠을 살폈다.

"정 박사님의 마지막 영상은 묻어두는 것이 좋겠네. 나만의 의견이 아니라 연구팀 전원의 의견을 수렴했네. 그 영상이 공개되면 네가 너무 위험해져."

뜻밖의 말에 예인은 당황했다. 교석의 영상이 언젠가는 세상에 알려질 거라 생각해서였는지 묻어두는 것은 한 번도 생각해본 적이 없었다. 오기혁이 황량한 창밖에서 시선을 거두고 예인을 돌아봤다. 따뜻하고 걱정 많은 눈이었다.

"어차피 전 서류상 이미 죽은 사람인걸요."

"어디에도 완벽한 비밀은 없어. 언젠가는 네가 살아 있다는 게 밝혀질 거야. 그리고 이렇게 신분까지 숨기고 지냈다는 것에 대중은 크게 분노할 거야. 굳이 그들을 나서서 자극할 필요는 없어. 지금 진실을 밝혀서 득이 될 게 없단 뜻이다. 아주아주 오랜 뒤에 세상에 알리도록 하자. 현실에 빛이 깃들면, 그때."

"소장님은 제가 원망스럽지 않으세요?"

"내가 널 왜 원망하겠어?"

"알고 보니 실패한 실험체이고, 할아버지는 고작 자의적인 낙관만으로 세상에, 그리고 이 연구소에 너무 큰 빚을 남기셨어요. 플라스틱 세대라는 말도 안 되는 허상을 제시했고요. 거리에서 수시로 일어나는 화형식에 제 몸 하나 던져도 지나치지 않을 겁니다."

"네가 불에 타죽는 건 보고 싶지 않다. 이 이유 하나로는 충분하지 않니?"

오기혁의 대답은 충분하지 않았다. 그러나 예인을 설득했다. 교석이 떠난 뒤 깊이 묻어둔 감정을 건드렸다. 그를 믿어도 될까, 이런 생각이 들자 비밀을 공유하고 싶은 충동이 일었다. 하지만 참기로 했고 그것은 옳은 선택이었다.

다음 날, 전날의 대화를 비웃듯이 교석의 배임 스캔들이 터졌다. 오후에는 예인이 삐삐와 함께 산책하는 사진들이 뉴스에 보도되었다. '5000억 뇌물은 살아 있는 손녀에게?' 같은 자극적인 제목을 단 기사들이 쏟아졌다. 큰 액수와 사진을 함께 보니 예인이 봐도 자신이 팔자 좋은 상속자처럼 보였다. 저녁 무렵, 연구소 창문으로 돌멩이와 화염병이 날아들었다.

어떻게 비밀이 새어 나갔는지는 중요치 않았다. 예인은 파파라치 사진을 보며 한 가지 사실을 깨달았다. 예인이 이태라를 쫓는 것처럼 그녀도 예인을 쫓고 있다는 것을.

구덩이를 아무리 파도 성근의 일지를 찾을 수 없었다. 예인은 그럴 리 없다고 생각하면서 쓰레기통과 주변의 흙바닥을 맨손으로 마구 파헤쳤다. 없었다. 성근도 일파만파 퍼진 교석의 영상을 본 거겠지. 예인이 허탈해하며 주저앉아 있는데, 뒤쪽에서 덥고 거친 숨결이 느껴졌다. 헥헥헥. 역한 입냄새가 풍겼다. 바스락. 반대편에서는 삭정이 부서지는 소리가 들렸다. 예인은 침을 꿀꺽 삼키고 주먹을 쥐었다. 개들이었다.

"여기에 쥐새끼가 한 마리 있다더니."

늙은 남자의 목소리가 들렸다. 예인이 슬며시 오른발을 틀어 도망칠 태세를 취했다. 편의점의 부서진 유리 문틀을 밟으며 목소리의 주인공이 모습을 드러냈다. 개들의 주인으로 보이는 그가 혀를 차자 개들이 곧장 으르렁거리며 예인에게 달려들었다. 아아악. 비명을 지르며 예인이 두 팔로 머리를 감쌌다. 예인의 앉은키만 한 커다란 개들이 등과 목으로 달려들었다. 발길질까지 동원했지만 개들의 흥분만 돋울 뿐이었다.

비명을 들은 황유신이 차를 몰아 늙은 남자의 허

리를 받고 급브레이크를 밟았다. 남자의 몸이 반으로 접히며 반대편 구석으로 날아갔다. 개들도 자동차의 급습에 놀라 예인에게서 떨어졌다. 흙바닥에 쓰러진 예인의 목과 두 팔에서 피가 흘렀다. 개들이 차를 향해 맹렬하게 짖어댔다. 겁이 나서 경계하는 듯했다. 하나는 끙끙대며 구석에 처박힌 주인에게 다가갔다가 도리어 사나운 발길질을 당했다. 진짜 사람을 친데 놀란 황유신이 핸들을 잡고 넋이 나간 얼굴로 앞만 바라봤다. 개가 재차 공격해오기 전에 예인이 먼저 조수석에 올라탔다.

"출발해요. 빨리!"

예인이 말했다. 황유신은 쓰러진 사람을 놔두고 그래도 괜찮을지 망설였다. 고민하지 말라는 하늘의 계시였는지 마침 공장 문이 열리며 막대기를 들고 빨간 옷을 입은 사내들이 튀어나왔다. 쓰러진 남자와 똑같은 차림이었다. 리코의 경비원들이었다. 황유신은 그제야 후진 기어를 넣고 핸들을 틀었다. 예인은 사이드미러로 멀어지는 경비원들을 보다가 그들 사이의 누군가가 산탄총을 들고 있는 것을 발견했다. 그와 동시에 굉음이 일더니 탕, 거울이 깨지며 열린 차창을 통해 유리 파편이 예인의 얼굴로 날아들었다.

하마터면 죽을 뻔했다. 현장과 멀어지고 나서야 아픔이 밀려왔다. 황유신이 덜덜 떨리는 손으로 예인의 다친 부위를 살폈다.

"혹시 모르니 가서 파상풍 주사를 맞아야겠어요."

"성근 씨 집으로 가요."

예인은 그다음 말을 삼켰다. 처음에는 성근이 교석과 예인에게 배신감을 느끼고 일지를 놔두지 않은 거라고 생각했는데, 경비원들의 살벌한 눈빛과 태도를 보니 어쩌면 성근에게 일어나선 안 되는 일이 일어났을 수도 있다는 예감이 들었다. 황유신은 위험해서 안 된다고 만류했으나 그럼 걸어서 가겠다는 예인의 고집을 꺾을 수는 없었다. 그 남자 죽었을까요? 차로 사람을 치다니. 내가 사람을 죽이다니. 황유신은 같은 말만 되풀이했다.

"그렇게 치면, 누구라도 죽어요."

솔직한 예인의 대답에 황유신의 눈가에 후회와 두려움의 눈물이 맺혔다.

"하지만 죽이지 않았으면 제가 죽었을 거예요."

예인이 황유신의 진정되지 않는 손을 잡았다. 죽

은 사람의 손처럼 차디찼다. 기억을 더듬어 황유신과
함께 성근의 집에 도착했을 때는 이미 한밤중이었다.
오늘따라 거리에 시체가 많았다. 인근에서 대형 화재
가 일어나 시야가 온통 연기로 부옜다. 예인과 황유
신은 글로브 박스에서 마스크를 꺼내 입과 코를 막았
지만 눈은 계속 맵고 따가웠다. 불은 주유소와 인근에
있는 작은 공원을 활활 태우는 중이었다. 누구에게도
불을 끌 의지 따윈 없었다. 무감각한 얼굴로 화재 현
장을 떠나 플라스틱을 찾아 헤맬 뿐이었다.

　　반지하 창문의 불은 켜져 있었다. 황유신이 함께
가겠다고 고집을 부려 하는 수 없이 나란히 선 채로
문을 두드렸다. 손가락 한 마디만큼만 문을 연 성근의
아내가 불안한 눈으로 두 사람을 응시했다. 문틈으로
손에 든 식칼이 엿보였다. 이전에 황유신과 팀원들이
찾아왔을 때 거실에서 식칼을 들고 방어 태세를 취했
던 자신의 모습이 오버랩되어 예인은 애잔한 감정이
들었다.

　　"남편은 죽었어요."

　　이 대답을 기다린 게 아니었는데. 예인이 물었다.

　　"몰랐습니다. 언제 그렇게 됐나요?"

"몰라요. 일주일 넘게 들어오지 않고 있어요. 집에 오지 않을 사람이 아닌데 오지 않는 걸 보면 죽은 거죠."

그녀에게 내재되어 있던 절망은 빠른 포기를 불러왔다.

"잠깐 들어가서 얘기 좀 나눠도 될까요?"

"아뇨. 사실 라디오에서 다 들었어. 너 같은 건 죽어야 돼. 인간쓰레기를 내 집 안에 한 발짝도 들일 수 없어."

적대적인 여자의 태도에 황유신과 예인은 한발 물러섰다.

"저도 얼마 전에야 안 사실이에요. 믿기지 않을 테지만요."

예인은 말하면서 숨이 가빠오는 걸 느꼈다. 이들의 불행에 책임이 없다고 말할 수 없었다.

"내가 복수해줄게요."

예인이 말했다. 식칼을 든 눈앞의 그녀 역시 오래 버틸 수 있을 것 같진 않았다. 입술이 부르트고 찢어져 있었다. 이미 플라스틱을 먹고 있다는 얘기였다. 예인과 황유신이 뒤돌아 계단을 오르는데 뒤에서 쿵

소리가 났다.

○

　K대학이 계약 종료를 알리며 국가재난연구소 측에 일주일 내로 건물을 비워달라고 요청했다. 그러나 일주일 안에 이사할 수 있는 곳은 없었다. 그건 학교 측도 잘 알고 있었다. 사실상 최후의 안전 펜스가 되어준 학교가 계속된 테러에 백기를 든 것이었다. 오기혁은 40명 남짓한 직원들을 불러 모아 연구소를 잠정 폐쇄한다고 발표했다. 어느 정도 예견된 바였다. 지원금은 오래전에 끊겼고 월급은커녕 연구비도 알아서 조달해야 했다. 모두가 오갈 곳이 없어서 남아 있는 형편이었다. 학교 측에서 일방적으로 전기마저 끊어 고압 전류가 흐른다는 경고문이 붙은 입구의 철조망도 무용지물이 되었다. 이를 귀신같이 알고 도끼를 들고 침입한 남자의 공격에 나이 든 경비원이 즉사하는 사건도 있었다. 직원들 누구도 폐쇄 결정이 난 연구소를 지킬 수 없다고 여겼다. 오기혁 역시 직원들에게 무능과 비리의 온상이라는 주홍글씨가 새겨진 이

곳을 하루빨리 뜨라고 요청했다.

　이럴 줄 알고 오기혁이 교석의 영상을 덮자고 한 건데. 정보가 어떻게 새어 나갔는지는 알 수 없었다. 숙소에 남은 사람들은 프로젝트가 이대로 끝났다는 사실에 절망한 연구팀 몇몇과 갈 데 없는 예인, 그리고 강지소뿐이었다. 돌아오지 않는 성근을 기다리며 죽어가던 강지소를 데려온 건 예인이 아닌 황유신의 고집 때문이었다.

　"죽은 사람은 어쩔 수 없다고 해도 죽어가는 사람은 도와줄 겁니다. 같은 인간이잖아요."

　그의 말에 예인은 공감이 아닌 고독을 느꼈다. 황유신이 품고 있는 인류애는 자기 안에서 오래전에 죽었다. 결코 그와 같은 인간이 될 수 없다는 사실에 예인은 쓸쓸해졌다.

　강지소는 연구소에 와서도 이틀 동안 의식이 없었다. 황유신은 연구실에서 쓰는 정제 플라스틱 용액을 시간에 맞춰 그녀에게 투여했다. 예인이 난해한 그의 행동에 대해 물었다.

　"그러면 죽는 거 아니에요?"

　"당신도 비슷한 방식으로 플라스틱을 접했을 거

예요. 너무 어려서 몰랐겠지만. 플라스틱 중독 환자에
게 일정량의 순수 플라스틱을 투여해서 과용을 막는
겁니다. 물론 환자를 살리는 근본적인 방법은 아녜요.
당장의 삶의 질을 최대한 높여주는 거라고 생각하시
면 될 거예요."

"일종의 아편 같은 거네요?"

"맞아요. 이런 방식으로 한 달까지 생존한 환자를
본 적이 있어요. 물론 끝은…… 다 똑같습니다. 사리
분별력은 없어지고, 몸에 있는 모든 것을 쏟아내곤 사
라지죠. 그중에 운 좋은 몇 명만 살아남고요."

예인은 그가 손에 든 길고 가는 주사기를 보며 생
각에 잠겼다.

"설마 연구원들 전부가 그런 방식으로 생명을 유
지 중인가요?"

"몇몇은 그렇습니다."

예인은 더 묻지 않아도 그중 한 명이 황유신 자신
이라는 것을 알 수 있었다. 전에는 무심코 넘겼던 주
삿바늘 자국이 유난히 도드라져 보였다. 시한부 인생
을 살고 있었구나. 예인이 자신이 바라던 실험체가 아
니라는 데에 그들은 왜 한 마디 원망조차 하지 않을

까. 그 얘기를 꺼내려던 찰나, 밖에서 고함과 괴성이 들렸다. 황유신이 서둘러 곤봉을 챙겨 밖으로 나갔다. 그는 따라가려는 예인에게 강지소를 지켜보라고 일렀다. 그때 의식이 없던 강지소의 미간이 곧 깨어날 듯이 움찔거렸다. 황유신이 두고 간 주사기가 바닥에 뒹굴고 있었다. 예인은 그것을 집어 들었다.

매스컴이 제 몫을 다하지 못하는 와중에 사람들은 대부분의 소문을 기정사실화했다. 그렇다면…… 가능성이 있었다. 예인은 머리카락 한 올 보이지 않는 이태라를 세상 밖으로 끄집어낼 아이디어를 떠올렸다. 어차피 종말은 다가오고 있었고 예인은 이태라를 끝장내지 않고는 살지도 죽지도 못할 운명이었다. 눈을 뜬 강지소는 급하게 일어났으나 화장실까지 가지도 못하고 바닥에 거한 구토를 했다. 화사한 핑크색이었다. 황유신의 응급처치가 그다지 효과적이진 않은 모양이었다.

"여기 국가재난연구소예요. 지소 씨, 당신을 일단 살려야 할 것 같아서 데려왔어요."

예인이 빠르게 설명했다. 강지소는 머리가 아픈 듯 이마를 짚었다. 티슈를 뽑아 입가를 닦았다.

"국가재난연구소라면, 그…… 치료제가 만들어진다는 곳이요?"

성근에게 한 거짓말이 강지소에게도, 또 훗날 이태라에게도 통할 것이라는 예감이 예인의 뇌리를 스쳤다. 예인은 복잡해졌다. 이태라는 치료제가 만들어지는 걸 원치 않는다. 바퀴벌레처럼 여기는 인간들이 그걸 통해 살아날 테니까. 그러나 그녀를 흔들 수 있는 방법도 이것뿐이었다. 성근도 사라진 마당에 더는 기다릴 것도 없었다.

"맞아요. 그리고 완성됐어요."

예인이 강지소를 보며 대답했다.

치료제가 개발되어 곧 상용화 될 거라는 거짓 발표를 하자는 예인의 의견에 오기혁은 사기 행위라며 극구 반대했다. 국가재난연구소의 이름에 먹칠을 할 수 없다며 화를 냈다. 예인은 이미 교석이 망쳐놓은 이곳에 더 떨어질 명예가 있느냐고 되물었다. 상황을 바라보는 데에 예인은 언제나 한 치의 자비도 없었다. 발표에 사람들이 속을지 말지도 몰랐고, 속는다 해도 일주일도 못 가 들킬 일이었다. 그의 주장도 맞았다. 그러나 일주일이면 충분했다. 어제는 K대학에서 30명이 넘는 사망자가 발생했다. 시민 단체에서 자체적으로 조사한 사망자 수는 정점을 찍고 서서히 줄어들고 있었다. 그러나 여기저기서 집계되지 않은 죽음들이 돌발적으로 발생했다. 재난연구소를 폐쇄하라고 시위를 벌이던 사람들도 눈에 띄게 줄었다. 사망했을 터였다.

"연구소를 지키려면 그 방법밖에 없습니다. 시간을 벌 수 있어요."

예인의 말에 오기혁이 고개를 저었다.

"네 대의는 이해하지만 방법이 잘못됐어. 목적이 수단을 정당화할 수 없네."

"죄송합니다. 사실 이미 발표했습니다. 그리고 저는 지금 바로 이곳을 떠날 예정입니다."

제안인 것처럼 말했지만 사실상 통보였다. 예인은 인터넷 네트워크를 간신히 잡아 연구소 공식 홈페이지와 주요 언론사, 그리고 각종 소셜 미디어에 치료제 개발 소식을 알렸다. 반대할 줄 알았던 황유신이 동의했다는 사실을 안 오기혁이 노발대발하며 그의 뺨을 때렸다. 해고라고 소리쳤다. 하지만 월급도 못 받는,

내일이면 흩어질 연구원에게 그런 말은 아무런 힘도 없었다.

국가재난연구소의 비싼 장비들은 오기혁이 아는 단체에 기증 형식으로 보관하기로 되어 있었다. 오기혁도 오늘 밤 이곳을 떠나야 했다. 예인에게 항상 인자했던 그는 결국 마지막에 무너져내렸다. 사기꾼 집안의 핏줄이 어딜 가나 했다며 죽어서 부관참시를 당할 것들이라 했다.

"부관참시가 뭐죠?"

오기혁의 손찌검에 뺨이 솥뚜껑만 해진 황유신에게 예인이 물었다.

"무덤을 파서 다시 욕되게 한다, 정도로 이해하면 됩니다."

"아, 상당히 귀찮은 일이군요. 이미 죽은 사람을 뭐 하러."

황유신은 오히려 예인의 무감각한 반응이 염려됐다. 예인은 강지소의 집으로 거처를 옮길 예정이었다. 위치상 리코와도 멀지 않았고, 무엇보다 아직 생사가 확인되지 않은 성근을 기다려봐야 했다. 그건 전적으로 예인의 책임이었다.

"원한다면 함께 가도 좋아요."

강지소의 제안에 황유신은 고개를 저었다. 가족이 있다고 했다. 급격히 표정이 어두워지는 것을 보니 그쪽도 사연이 있는 것 같았다. 황유신은 예인을 따로 불러 시약병 몇 개를 건넸다. 노란색 여섯 개와 파란색 한 개. 황유신은 신비로운 물약처럼 생긴 점성 있는 파란색 시약이 든 병을 가리키며 말했다.

"PAL 원액이에요. 독성 물질인 건 알고 있을 테고요. 고통스러울 겁니다. 그러나 타는 목마름을 느끼며 괴롭게 죽음을 기다리는 이에게는 환상적인 약이에요. 먹자마자 갈증이 사라지며 곧 죽음에 이르게 됩니다. 지소 씨나 예인 씨가 가망 없다 느낄 때 쓰세요. 두 사람 분량입니다."

"존엄을 지키게 해주는 약물이군요. 고마워요."

예인은 그가 건넨 시약병을 다 해진 가방 안쪽에 넣었다. 황유신은 발밑에서 노는 삐삐를 오랫동안 쓰다듬었다. 왕왕 짖는 소리에 그는 바보같이 웃었다. 너무 보고 싶을 거라고 말하며 눈물을 흘렸다. 헤어지는 마당에 그가 좋은 사람이라는 확신이 들었다.

정제 용액의 효과가 뒤늦게나마 제대로 나타나는

지 어두웠던 얼굴에 혈색을 되찾은 강지소가 발걸음
을 재촉했다. 정문에는 사람들이 가득했다. 예인과 강
지소는 황유신이 알려준 대로 바깥으로 이어지는 내
부 통로를 따라 이동했다. 미로 같은 구불구불한 통로
를 지나 외부로 나왔을 때 밖은 지나치게 환했다. 언
니⋯⋯. 강지소가 두려운 얼굴로 예인의 손을 꽉 붙
들었다. 그녀들 뒤로 국가재난연구소가 불타고 있었
다. 치료제 개발 소식에 몰려온 사람들 중 몇몇이 그
새 일을 저질렀다. 순번을 정해 경비를 돌던 연구원들
을 쓰러뜨리고 내부로 진입한 것이다. 내놔라, 없다,
없으면 죽이겠다는 실랑이는 아주 쉽게 살인으로 번
졌다. 그들 중 누군가가 불을 질렀다. 황유신은 아직
건물을 벗어나지 못한 동료들과 오기혁, 식당 직원들,
남아 있는 가족들을 위해 2층 통로에 있는 방화문을
닫았지만 불길이 번지는 속도가 너무 빨랐다. 인화성
물질이 보관된 연구소는 삽시간에 화마에 휩싸였다.
침입자들은 혼비백산하여 연구소로부터 멀리 도망쳤
고, 깨진 창문들 사이로 구조를 요청하는 사람들이 보
였다. 오기혁이 보였고, 낯을 익힌 연구원, 식당 직원
들이 보였다.

"구할 수 없겠지?"

강지소가 말했다. 당연한 소릴. 예인은 환한 불길로 인해 사람들이 자신을 알아볼까 봐 서둘러 이동했다. 퍼어엉. 뭔가가 터지는 소리가 들렸다. 예인과 강지소, 삐삐는 뒤돌아보지 않고 전력으로 뛰었다. 황유신의 둥근 얼굴이 떠올랐고 금세 그가 그리워질 거라는 예감이 들었다. 예인은 마음속으로 소리쳤다. 부디 살아남아요.

새로운 거처는 방이 서로 따닥따닥 붙어 있어 고시원 같던 연구소의 숙소보다 한결 지내기 편했다. 주변에 인적이 드물어서 마치 본가에 돌아간 기분도 들었다. 예인은 작은방에 누워 강지소가 길고양이처럼 살금살금 움직이는 기척을 들었다. 바스락거리는 소리. 소리는 죽이려 할수록 더욱 또렷하게 들렸다. 강지소의 입속을 돌아다니는 작은 플라스틱 사탕. 에코 캔디였다.

리코에서 생산을 재개한 에코 캔디와 에코 워터는 시민들에게 게릴라 방식으로 무료로 배포되고 있었다. 배포 하루 전 인터넷에 장소를 게시했다. 강지소는

3일 내내 뒤늦은 정보로 허탕을 치다가 인터넷이 빠른 한 시간 거리의 피시방까지 걸어가 정보를 얻어왔다. 무료 배포. 이태라의 야욕이 드러나는 대목이었다.

예인은 방문을 열어젖혔다. 강지소가 급하게 에코 캔디를 녹이기 시작했다. 뺏기지 않으려고 앙다문 입이 절박해 보였다.

"나중에 성근 씨를 어떻게 보려고 이래? 이러면 금방 죽는다고!"

예인이 소리치며 강지소의 턱을 한 손으로 강하게 쥐었다. 꿀꺽. 식도를 타고 에코 캔디가 넘어갔다. 강지소가 입을 벌렸다. 입안은 이미 용암 색을 띠며 침으로 일렁이고 있었다. 황유신이 건넨 노란색 시약병은 벌써 다 마시고 없었다.

"나 그냥 죽을래. 나 미련이 없어. 어차피 치료제도 다 타버렸잖아."

강지소는 예인의 손을 거칠게 뿌리치며 말했다.

"아냐. 황 팀장님이 가지고 있어. 중요한 건 다 챙겨놓으셨어. 조금만 버티면 돼."

재난연구소를 태운 불길이 강지소의 믿음마저 다 태워버린 듯했다. 그녀는 지금 조금의 희망도 품고 있지 않았다.

"내일은 장소가 어디야?"

"왜?"

예인의 질문에 강지소가 경계했다.

"성근 씨 생사를 확실히 확인해보려고. 마냥 기다릴 순 없어. 리코에 잠입할 거야."

강지소가 긴장하며 물었다.

"언니 진심이야?"

예인이 고개를 끄덕이며 대답했다.

"물론 진심이야. 그리고 나 혼자서는 할 수 없어. 네가 도와줘야 해."

강지소는 대뜸 바닥에 얼굴을 떨구더니 이마를 쿵쿵 찧었다. 예인이 얼른 손바닥을 대며 무슨 짓이냐고 물었다. 빨갛게 상기된 강지소는 싫다고 했다.

"그냥 이대로 살면 안 돼? 하루살이가 열심히 살아야 할 이유가 있어? 성근 씨는 진작 죽었을 거야."

예인이 말했다.

"내 남편이 아니고, 네 남편이야. 그냥 죽겠다고 했지? 그냥 죽지 마. 죽을 거면 나 도와주고 죽어."

○

　　그곳은 200년의 세월을 견뎌낸, 한국에서 가장 크고 오래된 교회였다. 불타고 약탈당해 없어진 건물이 태반인 와중에도 그곳은 단 한 번도 외부의 침입을 받은 적이 없었다. 경비원은 30명 정도 되어 보였고 어떻게 구했는지 총을 가지고 있는 경비원도 있었다. 세상이 무너진 뒤, 예인이 놀란 것 중 하나는 없는 줄로만 알았던 총기류가 한꺼번에 쏟아져 나와 공공연히 거래되는 현상이었다. 돈 좀 있는 사람들은 브로커를 통해 급하게 총을 사서 다루는 법을 배웠다. 이제 총소리에 놀라는 사람은 없었다. 사람들의 관심사는 온통 리코에 쏠려 있었다. 강지소는 예인이 보관하고 있던 권총을 빌려달라고 했다. 교회에서 총질이라도 할 거냐는 예인의 말에 강지소는 히죽 웃었다. 그렇게 해서라도 에코 워터를 더 차지할 수 있다면 마다하지 않겠다는 욕심이 드러났다. 예인이 거절하자 강지소가 욕을 했다. 재수 없는 년.

　　배포 하루 전, 리코는 에코 워터를 그 교회에서 뿌리겠다고 알렸다. 정확히는 1층 대강당이었다. 보통

동트기 한 시간 전에 배포를 시작했는데, 이날도 마찬가지였다. 예인은 강지소가 적어온 일시와 장소를 보고 이해가 되지 않았다. 경비를 어떻게 뚫고 들어가라는 건가. 이태라가 그 교회와 긴밀한 관계가 있는 기독교 신자였나, 하는 생각도 들었다.

강지소는 삐삐의 밥그릇에 비스킷과 참치 캔 절반을 넣고 비볐다. 삐삐는 새로 이사 온 집이 마음에 들지 않는지 주로 구석에서 시간을 보냈다. 침대 밑이나 베란다 입구에 자리를 잡았고 강지소를 대놓고 적대했다. 자신의 집으로 돌아온 이후 강지소가 신경질이 날 때마다 빼액 소리를 질러댔기 때문이다. 싫어, 짜증 나, 죽어버려 같은 모두를 향하는 것 같기도 하고 자기 자신에게 외치는 듯도 한 감정의 찌꺼기를 그녀는 어찌하지 못하고 있었다.

"얘는 어떻게 해? 우리 둘 중에 하나는 돌아오겠지?"

아마 강지소가 돌아올 확률이 높겠지만, 예인은 대답하지 않고 자신의 밥그릇을 응시하는 삐삐를 바라보았다. 그는 강지소가 주는 밥은 잘 먹지 않았다. 예인이 직접 밥그릇을 가져다주자, 낑낑 앓는 소리를 내며 애교를 부렸다. 손, 하면 앞발을 예인의 무릎에

척 올렸다. 예인은 삐삐의 헝클어진 털을 쓰다듬었다.

"다 챙겼어?"

예인이 물었다. 강지소는 두꺼운 후드 티에 낡은 청바지를 입고 백팩을 멨다. 그 안에는 종이 쇼핑백이 차곡차곡 들어가 있었다. 에코 워터를 최대한 많이 챙겨올 요량이었다. 예인은 강지소의 잠바를 빌려 입고 히프 색을 찼다. 그 안에 쓸모없어진 신분증과 약간의 돈, 독일제 식칼, 볼펜, 휴대폰, 파란색 시약병을 챙겼다. 바지춤에 두꺼운 실로 매단 총이 묵직하게 느껴졌다. 총알이 없는 장식용에 불과했지만 존재만으로 든든한 건 사실이었다.

강지소는 식탁 전등만 켜둔 집 안을 돌아봤다. 가자. 집을 나오는데 와그작 쩝쩝 삐삐가 밥 먹는 소리가 들렸다. 듣기 좋은 경쾌한 소리였다.

걸어서 세 시간이 걸리는 거리였으므로 강지소와 예인은 새벽 2시에 집을 나섰다. 강지소는 벌써 사람들이 몰려들었을 거란 생각에 마음이 급한 모양이었다. 그러나 의욕과는 다르게 체력이 따라주질 않아 자주 다리쉼을 해야 했다. 그녀가 교회에 도착할 때까지만이라도 살아주었으면 했던 예인은 그녀를 부축하며 걸었다. 교회에 가까워질수록 사람이 하나둘 보이기 시작했다. 이런. 모두가 빼빼 마른 꼬챙이 같았다. 플라스틱은 몸을 급격히 말려버렸다. 뭘 먹어도 배가 차지 않는 느낌과 참을수록 강렬해지는 허기, 충동과 손 떨림. 예인도 그 기분을 잘 알았다. 사람들이 보이자 강지소도 힘을 내기 시작했다. 교회에 도착해서 예인이 받게 될 에코 워터를 자신에게 넘겨줄 수 있냐고 조심스럽게 물었다. 물론이지. 예인은 성근에 대해서는 묻지도 않는 강지소가 걱정됐다. 강지소는 얼마 못 가 죽을 것이다. 그럼 삐삐도 죽게 되겠지.

대형 십자가의 빨간빛이 보이자 인근에 있던 사람들이 뛰기 시작했다. 강지소 역시 뛰었다. 예인도 그들 틈에 섞였다. 어둠이 걷힐수록 어둠에 파묻혀 있던 인파가 모습을 드러냈다. 300명? 1000명? 가늠할 수 없을 정도로 많은 인원이었다. 이들이 다 어디에 있다가 나타난 건지 알 수 없었다. 교회 옆으로 리코 마크가 붙은 트럭 열다섯 대가 서 있었다. 이 인원이 대강당에 다 진입할 수는 없을 텐데……. 배급을 받기도 전에 치여 죽을 확률이 더 높아 보였다. 예인이 강지소의 후드 모자를 잡았다.

"왜?"

목소리는 깜짝 놀랄 정도로 날이 서 있었다.

"조금만 천천히 가자. 위험해."

"미쳤어? 천천히 가면 없지!"

강지소가 예인의 손을 쳐내며 말했다. 그러더니 숨을 헐떡이며 전속력으로 달리기 시작했다. 그때 뒤에서 뭔가가 날아와 예인의 어깨를 쳤다. 돌멩이였다. 뒤에서 달려오는 남자의 양손에 돌멩이가 들려 있었다. 휙. 다시 돌멩이가 예인을 향해 날아들었고 예인이 옆으로 피했다. 남자는 아랑곳하지 않고 더 멀리 있는 다른 사람의 머리를 향해 던졌다. 경쟁자를 제거하는 중이었다.

다들 미쳤어.

예인의 발걸음이 느려졌다. 대강당에 사람들을 가둬놓고 불이라도 지르면 어떡하지? 지나치다 싶을 정도로 불길한 상황이 자꾸 눈앞에 그려졌다. 강지소는 이미 멀어지고 없었다. 교회 입구는 몰려든 사람들로 혼잡했다. 여기저기에서 새된 비명이 들렸고 트럭 옆에는 넝마들이 쌓여 있었다. 가까이 다가가서 보니 넝마가 아니라 교회 경비원들의 시신이었다. 리코가 죽인 것일까. 아니다. 리코는 굳이 이런 노골적인 살인을 벌일 이유가 없다. 에코 워터를 차지하려는 군중이 범인이었다. 위험을 감지한 예인이 방향을 틀었다. 그러나 파도에 휩쓸리듯 인파에 섞여들 수밖에 없었다. 누군가 발을 밟았고 악, 소리를 질렀지만 자신의 음성이 자신의 귀에조차 제대로 들리지 않았다.

이건 저주야.

예인이 인파에 떠밀려 앞으로 나아갈 때 발밑은 콘크리트 바닥이 아니었다. 물컹하고 소름 끼치는 감각이 느껴져 아래를 보니 사람들이 깔려 있었다. 온몸이 부들부들 떨렸고 차라리 정신을 잃고 싶었다. 예인은 최대한 밑을 보지 않으려 노력했다. 혹시 강지소를 밟았다는 걸 알게될까 두려웠다. 끝없이 터지는 비명에 귀가 먹먹해져갔고 여기저기서 사람들이 픽픽 혼절했다. 혼절한 하얀 얼굴들이 사람들 사이에 끼어 이리저리 흔들리며 까닥거렸다. 예인은 울고 있었다. 그러다 그 속에서 익숙한 뒤통수를 발견하고는 손을 뻗어 확 끌어당겼다. 죽은 강지소였다.

단상 위로 십자가에 못 박힌 예수가 보였다. 오, 하느님. 예인은 기도하지 않았다. 그저 하느님. 그의 이름을 불렀다. 하느님. 제발요! 제발.

응답은 다른 곳에서 들려왔다.

"리코플라스틱의 이태라입니다. 너무 많은 분이 오셔서 순서대로 드릴 수 없음을 양해해주시길 바랍니다."

예인은 소리가 나는 쪽으로 고개를 돌렸다. 와아아아. 사람들의 함성이 들렸고 이윽고 위에서 뭔가가 떨어졌다. 사람들이 너도나도 점프하며 에코 워터를 쟁탈했다. 한데 뭉친 사람들이 주먹밥 재료처럼 뒤엉켜 떨어지지 않았다. 여기서 다 죽일 작정이야. 예인은 이태라의 폭주를 막기 위해 히프 색에서 황유신이 준 파란색 시약병을 꺼내려 했다. 그러나 좋은 방법은 아니었다. 이태라가 있는 곳까지 이들을 헤치고 갈 수가 없었다. 어디서부터 시작됐는지 모를 파도가 다시 한번 휩쓸었다. 어어, 악, 시발, 사람 죽네, 꺅, 하는 소리가 소용돌이쳤다. 예인은 벽에 붙고 나서야 간신히 중심을 잡고 설 수 있었다.

"위험하니 배급받은 사람들은 밖으로 나가주세요. 자, 다시 쏩니다."

이태라의 광기 어린 목소리가 또 들렸다. 떠나는

사람은 없었다. 사람들이 끝도 없이 밀려들기만 했다. 그들은 쏟아지는 에코 워터에 정신이 팔려 이태라가 아닌 타인의 말 따위는 듣지 못했다. 예인은 위층에 있는 조끼 입은 직원을 향해 소리쳤다.

"내가 치료제를 가지고 있어요!"

아래로 에코 워터를 뿌리던 직원과 눈이 마주쳤다. 마지막으로 봤을 때보다 훨씬 늙었지만 누군지 알 수 있었다. 그도 예인을 알아봤다. 그는 당혹스러운 눈으로 주변을 둘러보더니 한쪽에 있던 기다란 밀걸레를 잡고 밑으로 내려보냈다. 예인이 걸레 자루를 단단히 잡았다.

"실장님!"

늘 밥맛없이 굴던 서봉재였다. 서봉재가 자루를 잡고 힘겹게 오르던 예인의 손을 세차게 끌어당겼다. 직원의 돌발 행동은 맞은편에 있던 이태라의 눈에도 들어왔다. 저 여자는 누구지? 이태라가 실눈을 뜨고 쳐다봤다. 위험 지대에서 벗어난 예인은 서봉재에게 안겨 가쁜 숨을 몰아쉬었다.

"살아 있는 줄 몰랐어요."

"치를 죗값이 남아 있거든요."

예인의 말이 끝나기가 무섭게 이태라가 다가와 몸
을 획 돌려세웠다. 놀란 예인이 반사적으로 바지춤에
서 총을 꺼냈지만 눈 깜짝할 사이에 경호원의 발길에
차여 1층 바닥으로 떨어졌다.

"보고 싶었어. 예인아."

이태라가 예인을 껴안았다. 할아버지에 의해 플라
스틱이 된 인간, 전에는 몰랐던 악취가 풍겼다. 예인
은 정신을 잃지 않기 위해 혀를 깨물었다. 피 맛과 함
께 전신을 휘감는 저릿한 고통에 눈물이 흘렀다. 이태
라가 예인의 손을 잡으며 말했다.

"이 쇼가 끝나면 집으로 돌아갈 거야. 가서 회포를
풀자고."

예인은 작게 고개를 끄덕이며 머릿속으로는 시뮬
레이션을 돌렸다. 단번에 죽여야 했다.

이태라는 한강이 보이는 주상 복합 아파트 전체를
쓰고 있었다. 사람들이 죽거나 빠져나간 자리였고, 남
아 있던 사람들은 강제로 쫓아냈다. 사회 시스템이 붕
괴되니 살아남은 자들이 주인 잃은 자본을 독식했다.
이태라는 53층 꼭대기에 혼자 머물렀고 직원 몇 명과

경호원들은 아래층에서 지냈다. 그곳에서 예인의 컴백 파티가 열릴 예정이었다. 이태라의 즉흥 아이디어였다. 이태라의 친동생인 이 상무를 비롯한 임원진은 이미 죽고 없었다. 기획실에 있을 때 안면을 익혔던 인물 몇몇이 예인에게 인사를 건넸다. 예인이 그들을 믿지 않듯 그들도 예인을 믿지 않았다.

오늘 예인은 그들이 죽거나 죽지 않으면 자신이 죽을 거라고 생각했다. 교회에서 대규모 학살을 자행한 뒤 그들의 눈은 돌아 있었다. 피 맛을 본 짐승들. 그들은 두려워했다. 언젠가 자신들도 에코 워터를 구걸하는 신세가 될까 두려워 이태라에게 납죽 엎드렸다. 그녀만 따르면 살 방도가 있다고 여기는 듯했다.

예인은 1층 복도 끝에 위치한 빈방을 배정받았다. 넓고 쾌적한 방이었다. 현관문이 뜯겨간 탓에 침입으로부터 안전하지 않다는 점만 빼고.

"아까 한 얘기 똑똑히 들었어요. 정말 사실이에요? 그거……."

서봉재가 방을 떠나지 않고 옆에서 뭉그적거리더니 은밀하게 물었다. 예인은 어떻게 대답해야 유리할지 잠시 생각했다.

"네. 그렇지만 하나뿐이에요. 연구소가 불타는 바람에 더 챙길 수가 없었어요."

"어차피 복제해달라고 가져온 거 아니었어요? 대표님한테 그 정도 연줄은 남아 있을 거예요."

"글쎄요. 복제가 불가능하다면…… 아니에요."

예인은 의도적으로 말을 얼버무렸다. 서봉재가 안달 난 얼굴로 예인을 살폈다.

"볼 수 있어요?"

예인은 히프 색을 반쯤 열어 파란색 시약병을 보여줬다. 서봉재가 침을 삼키더니 이 방은 안전하지 않으니 자기가 보관하겠다고 말했다. 어림없는 소리였다. 시약병을 손에 넣는 즉시 입에 털어 넣을 것이 뻔했다. 그의 치아 끝도 전부 마모되어 있었다. 에코 캔디를 못 구해서 플라스틱을 씹은 흔적이었다.

"그건 제 목숨줄을 넘기라는 소리예요. 제가 갖고 있을 겁니다."

예인은 서봉재의 제안을 단칼에 거부하고 궁금했던 성근에 대해 물었다.

"남성근 사원이 연락이 안 닿는다던데, 어떻게 됐는지 아세요?"

"알고 온 거 아니에요? 저도 대표님이 그렇게 지독한 사람인 줄 몰랐어요. 공장 직원들 다 있는 앞에서 죽었어요."

"죽었다는 게…… 죽였다는 건가요?"

돌연 서봉재의 눈빛이 달라졌다. 검고 짙어졌다.

"똑똑하고 잘나신 정예인 실장님. 이미 눈 밖에 난 사람을 첩자로 쓰면 어떡합니까. 진짜 조심해야 합니다. 안타까워서 하는 말이에요. 젊고 예쁜데…… 여기까지 왜 기어들어와서는."

의미 없는 경고였다. 서봉재의 말에는 예인이 죽게 될 거라는 예감이 짙게 깔려 있었다.

"이따 6시에 53층으로 올라오세요. 가방 같은 건 못 들고 와요. 몸에 뭘 숨겨서 와도 어차피 검색대에서 다 걸릴 거예요. 아, 그 병은 들고 올 수 있어요. 제가 사장님께 말해놓을게요. 그걸로라도 점수 따서 목숨 부지해야죠."

말도 안 되는 걸로 생색내는 게 예전과 똑같았다. 제 버릇 개 못 준다더니.

예인은 위선적인 미소를 띠며 짧게 묵례했다. 서봉재가 그런 예인을 머리에서부터 발끝까지 탐색하

듯 훑어봤다. 그간 몰래몰래 던지던 눈길은 이제 숨길
것도 없다는 듯 노골적이었다. 그는 입맛을 쩝 다시고
는 휘파람을 불며 나갔다. 더러운 새끼. 예인이 옆에
있던 유리컵을 집어던졌다. 유리컵은 깨지지 않고 바
닥을 빠르게 회전하다 멈췄다. 그 소리에 경호원 중
하나가 방 안으로 들어와 예인을 쳐다봤다. 직접 주우
세요. 그가 명령했고 예인은 별수 없이 유리컵을 집어
제자리에 두었다. 온순한 양이, 아니 포로가 된 기분
이었다.

　이태라가 직원을 통해 드레스를 보내왔다. 네크라
인이 파인 붉은색 드레스는 예인에게 조금 컸지만 그
런대로 잘 어울렸다. 예인은 파란색 시약병을 가슴 사
이에 넣었다. 황유신은 결정적인 순간에 예인과 지소
두 사람이 쓸 수 있는 양이라고 말했었다. 그 말은 전
체 용량의 절반이 치사량이란 뜻이었다. 예인은 죽이
고 싶은 사람 둘을 리스트에 올렸다.
　이태라, 그리고 남성근 살인을 묵과한 서봉재.
　6시가 되기 5분 전, 예인은 만반의 준비를 하고 엘
리베이터에 탑승했다. 종일 먹은 것이 없어 시시각각

떨어지는 기압에 어지러웠다. 사람들이 각 층에서 예인과 합류했다. 그들은 예인의 화려한 드레스에 예쁘다고 한마디씩 던졌다. 그러나 눈빛은 정육점 고기를 보는 듯했다. 예인은 순간 황유신이 준 파란색 약이 겨우 두 사람분이라는 게 안타까웠다. 여기에 있는 모두가 살인자였다. 에코 워터 살포 때 살아남은 사람은 몇이나 될까. 강당에 있던 사람들 중 생존자가 있기는 할까.

53층에 도착하자 먼저 온 사람들이 줄을 서서 기다리고 있었다. 다들 검색대에 소지품을 내려놓았다. 앞에 서 있던 서봉재가 예인을 보더니 엄지손가락을 척 올렸다. 예인은 그런 그를 무시하며 시약병을 꺼내 검색 요원에게 보여준 뒤 바로 다시 감췄다. 서봉재 말대로 미리 언질을 받았는지 바로 통과되었다. 거실 중앙에는 긴 테이블이 놓여 있었고, 양옆으로 의자가 빼곡했다. 스무 명 남짓한 사람들이 자기 자리를 찾아 앉았다. 테이블 위에 탐스러운 과일과 샌드위치, 케이크, 스테이크가 있었다. 예인의 자리는 입구와 가까운 상석이었다. 맞은편 상석에 누가 앉는지는 묻지 않아도 알 수 있었다. 서봉재는 이태라의 옆자리였다. 모두 약속이나 한 듯이 경건하게 자리를 잡고 앉아 정자세를 취했다. 파티라기보다는 회의에 참석한 사람들 같았다.

바흐의 음악이 낮게 깔렸다. 예인은 주위를 한번 둘러봤다. 곳곳에 경호원들이 포진해 있었다. 하나같이 해쓱하고 굶주린 얼굴들이었다. 다들 지옥에서 허우적대는 중이군. 예인은 내부를 그대로 비추는 거실의 통유리 벽을 바라보았다. 문득 후투티가 떠올랐다. 자신의 집에서 죽은 새. 벽으로 그대로 돌진하면 예인도 후투티와 같은 죽음을 맞을 것이었다. 그건 축복일 터였다. 적어도 이 시점에선.

이태라가 등장했다. 실루엣을 강조한 검은색 드레스를 입고 있었다. 파티에 참석한 인원 중 드레스를 입은 사람은 이태라와 예인뿐이었다. 예인은 풋 웃음이 새어 나왔다. 이태라의 유치함에, 이 유치찬란한 상황극에.

모두들 정색하고 예인을 쳐다봤다. 예인은 금방 웃음을 거두고 이태라를 마주 봤다. 플라스틱 인간은 전보다 늙었고 그늘져 있었다. 서서히 무너져가는 유럽의 오래된 성처럼 퇴락했다는 말이 어울리는 모습이었다.

"자, 모르는 사람도 많을 겁니다. 끝에 앉은 우리 정예인 씨. 직접 본인 소개를 해볼까?"

예인은 잔에 담긴 와인을 한 모금 마셨다. 이런…… 해초 맛 에코 워터였다. 자세히 보니 테이블에 있는 것들은 전부 플라스틱 모형이었다. 역겨운 플라스틱 파티였다. 둘러앉은 사람들은 눈앞에 놓인 플라스틱을 입에 넣고 싶은 충동을 억누르느라 다들 표정이 험악했다. 예인이 들고 있던 와인 잔을 그대로 뒤로 던졌다. 대리석 바닥에 부딪친 와인 잔이 요란한 소리를 내며 깨졌다. 곧 뒤에 있던 경호원이 다가와 어깨를 강하게 내리눌렀지만 예인은 아랑곳하지 않았다.

"곧 죽을 사람을 뭐 하러 소개까지 시키세요? 어떻게, 계획은 있으세요? 저도 목숨이 꽤 질겨서 쉽지는 않을 겁니다."

이판사판이었다. 예인은 당장이라도 테이블 위로 올라가 전속력으로 뛰어 이태라의 목을 긋고 싶었다. 이태라는 경호원을 물리고는 팔짱을 꼈다. 한쪽 눈썹을 치켜올리며 재밌다는 표정을 지었다.

"내가 왜 우리 직원을 죽이고 싶어한다고 생각하지?"

"당신은 나를 저주하니까."

"내가 왜? 너 따위를?"

이태라는 태연했다. 때는 지금이었다. 예인이 가슴 사이에 숨겨둔 시약병을 꺼내들었다. 모두의 시선이 예인의 손에 쏠렸다. 그새 소문이 퍼진 모양이었다.

"이 치료제를 갖고 싶겠죠. 이태라, 당신은 나와 같아. 내 할아버지의 실험체였어. 당신이 지금까지 살아남은 이유가 항상 궁금했어. 왜 플라스틱 세대도 아닌 인간이 체내에 흡수되지도 않는 플라스틱을 아무렇지 않게 먹어대는데도 죽지 않는 걸까 하고."

"재밌네. 계속해봐."

팔짱을 푼 이태라가 턱을 괴고 미소 지으며 말했다.

"내가 당신이라면 어떨까 생각해봤어. 플라스틱을 완벽히 흡수하는 진짜 플라스틱 세대가 된 여자. 그런데 돌이켜보면 나는 이태라가 회사 제품 말고 뭘 먹는 걸 단 한 번도 본 적이 없더라고. 자, 여기서 손 들어보죠. 이태라가 밥이나 커피, 그 밖의 다른 음식을 먹는 걸 본 사람이 있나요?"

좌중은 서로 눈치를 봤다. 서봉재는 혼란이 온 듯 이태라와 예인을 번갈아 쳐다봤다. 이태라는 아까와 똑같은 자세였지만 예인은 느낄 수 있었다. 그녀의 미세한 떨림을.

"없겠죠. 5년을 옆에 붙어 있었던 기획실장인 나조차 한 번도 본 적이 없으니까요. 환경론자? 플라스틱을 먹어서 환경을 지키자고? 진짜 코미디지. 이태라 넌 저주에 걸렸어. 플라스틱이 아닌 다른 음식은 먹을 수 없는. 나는 내내 궁금했어. 왜 할아버지가 실험이 실패했다고 결론을 냈는지 이해할 수 없었어. 첫 번째 대상자였던 네가 있었는데 말이야. 넌 다른 의미로 실패였던 거야. 괴물이 되어버렸으니까. 인간이 아닌 어떤 것. 당신은 환경론자가 아니야! 당신은 그저 혼자만 망할 수 없다는 복수심에 잡아먹힌 이기적인 플라스틱 인간이야."

이태라가 서슬 퍼런 미소를 지었다. 하지만 그 미소는 오래가지 못했다.

"네 말이 맞든 틀리든 상상력 하나는 인정하지."

"그래? 이래도?"

예인이 파란색 시약병을 이태라 쪽에 휙 던졌다. 그러자 이태라를 비롯한 사람들이 어? 어? 하며 시약병을 잡기 위해 손을 내뻗었다. 시약병은 테이블 한가운데에 있는 센터피스로 떨어졌고 가장 가까이에 있던 여자가 냉큼 잡아챘다. 이태라가 그녀에게 손을 뻗었고 여자는 주저했다. 여자는 뒷걸음질 치며 시약병을 더욱 세게 움켜쥐었다.

"가질 생각 마!"

소리친 이태라가 곧장 테이블에 있던 나이프를 쥐어 여자의 목에 가져다 댔다. 겁을 집어먹은 여자가 뚝뚝 눈물을 흘리며 시약병을 건넸다.

"두 명분이야. 원한다면 축복받을 사람을 한 명 더 선택할 수 있어."

예인의 말에 이태라가 히스테릭한 웃음을 터트렸다. 그녀는 손에 쥔 시약병을 조명 아래에 비추며 한참을 바라봤다. 마치 그 안에 자기의 오랜 꿈이라도 있다는 듯이.

"아무래도 공장장인 제가 함께하는 게 좋지 않겠습니까? 대표님을 옆에서 잘 보좌하려면요. 제비뽑기도 좋지만 그건 너무 사행성이 짙고요……."

"닥쳐! 공장장이 뭐? 당신이 한 게 뭐가 있는데? 겁난다고 뒤에 숨어서 구경이나 했지."

시약병을 잡아챘던 여자가 끼어들었다. 여자가 조

바심 나는 얼굴로 이태라에게 바짝 다가가 무릎을 꿇
었다.

"제일 먼저 손에 쥔 사람에게 우선권이 있죠. 저는
그래도 대표님께 양보했습니다. 저는 공장장님보다
못 해본 것도 많고요."

퍽!

서봉재가 테이블에 있던 묵직한 사기 접시를 여
자의 머리에 내리쳤다. 여자가 옆으로 쓰러지며 비명
을 질렀다. 그러나 새로운 삶을 갈망하는 여자는 거기
서 물러서지 않았다. 곧바로 서봉재에게 달려들어 그
의 목을 물어뜯었다. 주변에 있던 사람들이 동요하기
시작했다. 꾹 참고 있던 모두의 욕망이 터져 나왔다.
살아남는 사람이 자기가 될 수 있다고 여기는 모양이
었다. 나이프와 포크가 순식간에 무기가 되었고 뒤에
있던 경호원들은 우왕좌왕했다. 이태라는 이 상황에
서 완벽하게 분리되어 그저 관조하고 있는 예인을 바
라봤다. 통쾌해서 악랄해 보이기까지 한 표정, 참으려
하지만 실룩이는 입술. 쟤 미쳤구나? 이태라가 자신
을 지켜보는 것을 깨달은 예인이 활짝 웃었다. 저 웃
음의 진의가 뭔지 이태라는 알 수가 없었다.

"뭐 해! 당장 이것들 밖으로 끌어내!"

이태라의 호령에 경호원들이 사람들을 끌어내기 시작했다. 그때 찢어질 듯한 비명이 울렸고 엉켜 있던 사람들이 달음박질로 물러났다. 비명의 중심에는 서봉재가 있었다. 그의 목덜미에서 검붉은 피가 분수처럼 솟구쳤다. 우우욱. 경호원 몇몇이 그 모습에 토악질을 했고 서봉재는 허공에 대고 의미 없는 손짓을 했다. 서봉재의 시선이 자신의 붉은 피에 섞인 진득한 플라스틱 액체를 향했다. 남은 힘을 쥐어짜 보라색 플라스틱 액체를 손으로 만졌다. 예인은 그의 뒤통수를 세게 붙잡고 말하고 싶었다.

봐! 이게 너와 이태라가 자초한 비극이야. 너라고 피할 수 있을 줄 알았어? 플라스틱 재앙에선 그 누구도 자유로울 수 없어.

예인은 자꾸만 비어져 나오는 웃음을 참았다. 이태라는 혼이 반쯤 빠진 얼굴이었다. 학살은 아무렇지 않게 저지르면서 막상 눈앞에서 일어나는 구체적인 죽음에는 충격을 받은 모습이었다.

"안 돼! 내 거라고!"

서봉재의 목을 뜯어놓은 여자가 피 칠갑이 된 입

으로 소리쳤다. 더 이상 지체할 수 없다고 느낀 이태라가 다급하게 병을 열고 시약을 한입에 털어 넣었다. 여자가 이태라를 덮칠 듯 돌진했지만 이미 상황은 끝난 뒤였다.

예인은 자신도 모르게 몸을 부르르 떨었다. 오르가슴이라 불러도 좋을 만큼 강렬한 감각이었다. 전신을 휘감은 쾌감은 곧 눈물로 바뀌었다.

하하하하. 참을 수 없었다. 견딜 수 없었다. 예인은 미친 사람처럼 바닥에 주저앉아 땅을 치고 웃으며 울었다. 웃음 섞인 울음은 곧 통곡으로 바뀌었다. 이태라는 뜨거운 국물을 한꺼번에 들이켠 듯 놀랐다가 금방 구역질을 할 것처럼 욱욱 소리를 냈다. 그러고는 간신히 쥐어짠 목소리로 물었다.

"뭐지…… 이건?"

"에코 워터에 첨가된 PAL 원액이야. 알지? 네가 만든 독약. 넌 곧 죽을 거야. 네가 아무리 플라스틱을 분해하는 인간이어도 말이야."

이태라가 믿을 수 없다는 얼굴로 다시 물었다.

"……치료제라며?"

"그딴 건 없어. 거짓말이었어."

　이태라는 예인이 장난친다고 믿고 싶은 듯 고개를 흔들었다. 그러다 거한 구토를 했다. 공간 전체가 인 공적인 악취로 진동했다. 예인은 당장 이곳을 벗어나고 싶다는 생각밖에 들지 않았다. 이태라의 몸이 요동 쳤다. 거친 파도처럼. 춤을 추는 것 같기도 했다. 예인은 그녀를 바라보며 과학을 사랑하던 젊은 기자를 떠 올리려 애쓰다 포기했다. 교석이 처음부터 괴물을 만 들 생각이 아니었듯 그녀 역시 애초부터 플라스틱으로 세상을 멸망시키는 살인귀가 될 생각은 없었을 것 이다. 이태라의 잘생긴 얼굴이 축 늘어졌다. 플라스틱 점액질을 끊임없이 뱉어내는 그녀가 괴기스러운 동 시에 측은했다.

　교석의 욕심에서 비롯된 일이 결말을 맞이했다. 네가 할 수 있는 걸 해. 충희의 마지막 말을 예인은 잊 지 않았다. 예인이 할 수 있는 최선은 리코를 없애는 것, 그 전에 그 중심에 있는 이태라를 없애는 것이었 다. 그러나 거기에서 파생된 수많은 파멸과 죽음은 무 엇으로도 되돌릴 수 없었다.

　할아버지. 제가 끝냈어요. 당신과 제가 만든 비극 을 끝냈어요.

예인은 경호원의 손에 들린 총을 바라봤다. 그 총구가 자신을 향하길 바라며 경호원에게 달려들었다. 경호원 역시 충격으로 힘이 빠졌는지 쉽게 예인에게 총을 빼앗겼다. 차가운 총신이 손아귀에 착 감겼다. 예인이 자신의 관자놀이에 총을 겨눴다.

"총알은 없어요."

경호원이 말했다.

○

플라스틱 제품은 더 이상 생산하지 않습니다.

(주)리코플라스틱

예인은 이태라의 소셜 미디어 계정에 로그인해 짧게 소식을 알렸다. 각종 추측과 원성이 난무할 것을 대비해 댓글 창과 고객 센터도 폐쇄했다. 사흘 뒤 예인은 회사 홈페이지와 소셜 미디어 계정마저 없앴다. 회사가 멋대로 점거해 쓰던 아파트에 살던 직원들은 뿔뿔이 흩어졌고, 예인처럼 갈 곳 없는 사람들은 그대로 남았다. 제2공장의 상황은 예인도 알지 못했다. 어차피 공장장도 죽었으니 제대로 돌아갈 리는 만무했다.

이태라의 거처에 남아 있던 에코 워터는 그녀가 죽은 당일에 누군가가 싹 빼돌렸다. 식이 플라스틱으로 만든 식품들도 마찬가지였다. 예인은 아파트를 뒤져 유통기한이 2년 지난 라면을 부숴 먹었다. 강지소의 집에 있을 삐삐를 생각하는 날이 많았다. 찾아야 하는데 찾으러 갈 엄두가 나지 않았다. 계속 이렇게 살아야 하는지도 몰랐다.

그래도 찾긴 해야 했다. 며칠이 흘렀는지 몰랐다. 드디어 짐을 싸서 문 없는 방을 나섰다. 걸음을 뗄 때마다 천장이 빙빙 돌았다. 먹은 게 거의 없었다.

외부로 나가자 처참하게 무너진 도시의 풍경에 가슴이 저며왔다. 그사이에 떠오른 태양은 혼자서 아름다웠다. 바람이 찼다. 여전히 거기에 있는 한강을 따라 걸었다. 죽은 물고기 떼가 보이지 않아 안심했다. 모두 다 어디로 쓸려간 것인지 알 수 없었다.

불에 타 형체를 잃은 건물들, 아직도 타고 있는 시체들, 바람을 타고 부유하는 쓰레기들. 주인을 잃고 거리를 방황하는 개들은 이제 시체를 파먹기 시작했다. 말라붙은 눈물 자국 위로 새로운 눈물이 흘렀다.

사람이 한 명도 보이지 않았다. 바로 이태라가 원했던 풍경이었다.

캉캉. 익숙한 짖음. 예인은 재빨리 돌아보았다.

삐삐가 거짓말처럼 예인에게 전속력으로 달려오고 있었다. 그 순간, 예인은 자기가 죽었다고 생각했다. 그래서 죽은 삐삐가 찾아온 거라고.

하지만 그 뒤를 따라오며 손을 크게 흔드는 사람의 형체를 보고는 털썩 주저앉을 수밖에 없었다. 튀어오른 삐삐가 예인의 얼굴과 목을 정신없이 핥았다.

"예인 씨, 살아 있을 줄 알았어요."

황유신이었다. 그를 본 순간, 예인은 벅찬 감정에 눈물을 흘리고 말았다. 조금도 빠지지 않은 턱살과 오래 방치된 더벅머리, 삐삐보다 까만 눈동자가 예인 앞에 있었다.

"보고 싶었어요."

예인의 말에 황유신은 고개를 끄덕였다. 그도 울고 있었다.

"찾아다니느라 혼났어요."

황유신이 예인을 일으키며 말했다. 그는 예인에게 할 말이 많았지만, 또 없기도 했다. 예인도 마찬가지였다. 삐삐가 무언가를 보고 또다시 컹 하고 짖었다.
두 사람은 삐삐의 시선이 향한 곳을 바라봤다. 마른
나뭇가지 위에서 특이한 새 한 마리가 뭔가를 쪼아먹
고 있었다. 황금색 바탕에 검은색 무늬가 멋진, 댕기
머리를 한 새였다.

"예인 씨, 저 새 봐봐요. 처음 보는 새예요."

예인이 잘 아는 새였다. 주변에 들이박을 유리 벽
이 없어서 다행이었다. 생명은 끈질기게 살아남아 놀
라움을 안겨준다. 예인은 이 순간이 운명처럼 느껴졌
다. 운명이라는 얄팍한 단어를 좋아하지 않지만 그것
말고는 설명할 길이 없었다. 여름 철새가 한겨울에 나
타나 예인에게 파문을 남겼다. 죽지 마. 나도 너만큼
최선을 다할 테니.

"후투티예요. 후후투 하면서 울거든요."

예인이 말했다. 황유신이 "후후투" 하고, 방금 예
인의 목소리를 따라 했다. 후투티가 부름을 알아들었
는지 그들을 쳐다봤다.

• 집필 과정에서 《침묵의 봄》(레이첼 카슨, 김은령 옮김, 에코리브르, 2011), 《플라스틱 사회》(수전 프라인켈, 김승진 옮김, 을유문화사, 2012), 《플라스틱 바다》(찰스 무어·커샌드라 필립스, 이지연 옮김, 미지북스, 2013) 등의 영향과 도움을 받았다.

작가의 말

언제나 내게 영감은 벼락처럼 찾아온다. 플라스틱에
대한 특별한 거부감이나 에피소드가 있었던 것은 아
니었다. 다른 사람들처럼 비슷하게 환경을 걱정했고,
비건이 되고 싶었지만 번번이 실패하는 사람이었다.
코로나 시기에는 집에 쌓인 플라스틱 쓰레기가 참 많
았다. 볼 때마다 죄책감 비슷한 감정이 들었지만 다음
날이면 또다시 귀찮아서 텀블러 대신 일회용 플라스틱
컵을 받아들었다. 차라리 플라스틱을 먹어 치울 수 있
다면 내 죄책감을 덜 수 있을 텐데, 하는 생각이 들었
다. 그 무렵 '플라스틱 세대'라는 제목이 떠올랐다. 항
상 디스토피아적 미래를 그리고 싶었다. 그 세계를 제
대로 그려낼 자신이 없어서 화이트보드 위에 '플라스
틱 세대'라는 제목만 써두고 훌쩍 2년을 흘려보냈다.

마치 미루고 미룬 숙제처럼 그렇게 《플라스틱 세

대》는 항상 묵혀져 있었다. 작게 시작하자, 하는 생각
으로 리디에 단편소설로 발표했다. 소설이 올라오는
날이면 보통 무덤덤했던 이전과 달리 무척 긴장했던
기억이 난다. 실험에 가까운 설정이었으므로 독자들
이 어떻게 받아들일까, 걱정이 많이 됐다. 다행히 반
응이 좋아서 내가 당초에 쓰고 싶었던 꽤 거대한 디
스토피아 세계까지 그려낼 수 있었다. 지금도 내가 구
현한 세계에 대한 확신은 없다. 그건 내가 아닌 독자
의 몫이라 여긴다.

원래 생각했던 결말은 훨씬 더 어두운 미래를 담
고 있었다. 쓰는 동안 감정의 변화가 일었다. 정예인
을 비롯한 황유신, 박충희, 재난연구소 연구원들을 응
원하고 그 대책 없는 인간들 편에 서서 희망을 품어
보고 싶었다. 알게 모르게 그들이 내게 한 번만 더 인
간을 믿어보라고 부채질했다. 나는 그들의 강한 의지
에 설득됐다. 지금 결말이 이 소설 최선의 선택이었으
면 한다.

소설을 읽으면서 눈치챈 독자들도 있을 것이다.

빌런 이태라는 평소 내가 가졌던 생각을 대변해주는 인물이다. 인류의 반이 사라진 뒤 새롭게 시작되어야 한다는 나의 오만한 생각을 예인이 깨주길 바랐다. 계속해서 쌓이는 플라스틱 용기를 보며 그래야 마땅하다고 여겼던 나의 오랜 비관을 꺾어주길 바랐다. 이태라의 방식은 그릇됐지만 나는 여전히 그녀의 마음을 어느 정도 이해하는 입장이다.

꿈꾸던 세계관을 그릴 기회를 주신 리디 김성은 피디께 감사하다. 다양한 이야기를 쓸 수 있는 우주라이크소설 플랫폼이 없었다면 불가능했다. 덕분에 작가는 어떤 제약도 받지 않고 마음껏 상상할 수 있었다. 그 이야기가 종이책으로 세상에 나오게 되어 원고를 다시 꼼꼼히 살폈다. 이다지도 힘든 이야기를 써낸 나 자신에게 놀랐다. 내 안에 풀어내지 못했던 어떤 패기와 과업이 있었던 것 같다. 한겨레출판의 따뜻한 응원 아래 다시 이 쉽지 않은 이야기를 대면할 수 있었다. 출간의 전 과정을 살뜰히 챙겨준 최해경 편집자, 더 근사한 소설로 다듬어준 박지호 편집자께 감사드린다.

마지막으로 마오, 먀먀, 봉봉이, 깽이까지 내 곁을 머물다 간 여린 짐승들과 이 순간에도 멸종 위기에 처한 아름다운 생명들에게 이 소설을 바친다. 극중 예인처럼 인간으로서 쉽게 포기하지 않겠다.

플라스틱 세대

ⓒ 김달리 2025

초판 1쇄 인쇄 2025년 2월 21일
초판 1쇄 발행 2025년 2월 28일

지은이 김달리
펴낸이 이상훈
문학팀 박지호 최해경 박선우
마케팅 김한성 조재성 박신영 김애린 오민정

펴낸곳 (주)한겨레엔 www.hanibook.co.kr
등록 2006년 1월 4일 제313-2006-00003호
주소 서울시 마포구 창전로 70 (신수동) 화수목빌딩 5층
전화 02-6383-1602~3 **팩스** 02-6383-1610
대표메일 munhak@hanien.co.kr

ISBN 979-11-7213-221-7 (04810)
ISBN 979-11-7213-062-6 (세트)